미중 갈등의 구조

BOOK
JOURNALISM

미중 갈등의 구조

발행일 ; 제1판 제1쇄 2019년 8월 12일
지은이 ; 공민석 발행인·편집인 ; 이연대
주간·편집 ; 김하나 제작 ; 허설
디자인 ; 최재성 지원 ; 유지혜 고문 ; 손현우
펴낸곳 ; ㈜스리체어스 _ 서울시 종로구 사직로 67 2층
전화 ; 02 396 6266 팩스 ; 070 8627 6266
이메일 ; contact@threechairs.kr
홈페이지 ; www.bookjournalism.com
출판등록 ; 2014년 6월 25일 제300 2014 81호
ISBN ; 979 11 89864 41 5 03300

BOOK
JOURNALISM

미중 갈등의 구조

공민석

: 미국에 가장 중요한 고려 대상은 동아시아, 특히 중국이다. 중국 중심의 동아시아 지역 경제가 세계 경제 성장을 주도한 2000년대 이후 중국은 미국에게 가장 중요한 파트너이자 경쟁자였다. 동아시아 경제가 금융 위기 이후에도 상대적인 안정성을 유지하면서 위기 해결에 기여하자 동아시아의 중요성은 더 커졌다. 동시에 중국의 지정학적 팽창이 지속되면서 동아시아는 전략적 요충지가 됐다.

차례

손실의 세계화와 글로벌 불균형의 조정

프롤로그

왜 금융 위기 이후의
미·중 관계인가?

최근 국제 관계에서 가장 큰 관심사는 미국과 중국 두 나라 사이의 긴장과 갈등이다. 트럼프 행정부 출범 이후 미국은 중국을 미국의 가치와 이익을 위협하는 세력으로 규정했다. 중국의 위협에 강력하고 공세적인 대외 전략으로 대응하겠다는 점도 분명히 했다. 실제로 중국에 대한 군사적 압박이 강화됐고, 남중국해에서 긴장이 고조됐다. 2018년부터 극한 대립 양상으로 전개돼 온 양국의 무역 전쟁은 여전히 해결의 실마리를 찾지 못하고 있다.

그러나 미국의 동아시아 전략에서 나타난 변화는 미국의 정권 교체나 동아시아 지역의 단기 정세 변화만으로 충분히 설명할 수 없다. 미국이 중국을 강하게 압박하는 최근의 현상은 과거 동아시아 전략과 단절하는 새로운 것이 아니다. 현재의 미·중 갈등의 핵심 쟁점, 미국이 사활을 걸고 지키려는 이익과 미국의 전략 기조를 이해하기 위해서는 2007~2008년 금융 위기에 주목해야 한다.

2007년 서브프라임subprime 모기지 사태로 시작된 금융 위기는 순식간에 실물 경제로 전염됐고, 2008년 글로벌 경제 위기로 확대됐다. 미국의 정책 결정자들이 1930년대의 대공황에 버금가는 최악의 사태라고 판단할 정도로 금융 위기는 심각했다. 헤게모니 국가 미국에서 금융 위기가 발생하자 전 세계가 충격에 빠졌다.[1] 이로 인해 미국 헤게모니가 쇠퇴할 것이라는 전망이 확산되기도 했다. 미국의 쇠퇴를 점치는 이들은 미국식 자본주의 모델이 정당성을 상실했으며, 기축통화인 달러의 지위마저 위협받을 것이라고 비관했다.

하지만 금융 위기를 단순히 미국의 쇠퇴로 해석하는 것은 문제가 있다. 금융 위기 이후 안전 자산 선호flight to quality 현상 속에서 달러가 강세로 반전되는 역설이 나타났고, 미국 경제의 경착륙 징후도 보이지 않았기 때문이다. 미국은 양적 완화 정책과 적자 재정 정책 등 이례적인 정책을 통해서 적극적으로 위기에 대응했고, 이를 위한 국제적인 공조도 효과적으로 조직했다.

그렇다고 미국의 높은 기술 수준이나 제도적 효율성과 같은 구조적 우위를 근거로 쇠퇴론을 반박하는 논의들을 지지하기도 어렵다. 이러한 시각 역시 금융 위기의 함의를 제대로 파악하지 못했다. 미국 경제가 규모나 기술 수준 등 여러 가지 측면에서 장점이 있는 것은 사실이지만, 그렇다고 해서 미국 경제의 취약성이나 헤게모니 쇠퇴의 징후를 설명할 필요성이 사라지는 것은 아니기 때문이다.

금융 위기의 의미를 온전히 이해하려면, 금융 위기가 발생한 과정과 이후 미국의 대응 전략에서 드러난 미국의 우위와 취약성 모두에 주목해야 한다. 이를 위해 1980년대 이후 나타난 미국 헤게모니 변화의 연장선에서 금융 위기가 갖는 함의를 분석할 필요가 있다. 재정 적자와 무역 적자를 의미하는 이중 적자twin deficit와 금융 불안정성의 심화 등 미국 헤게모니 위기의 근거로 제시되는 쟁점들은 1980~1990년대에 통화·금융 권력을 토대로 미국 헤게모니가 재편되며 등장한 문제이기 때문이다.

1970년대에 헤게모니 위기에 직면했던 미국은 1980~1990년대에 헤게모니 부활에 성공했다. 부활의 토대가 된 것은 기축통화 발권력과 금융에서의 우위, 즉 통화·금융 권력이었다. 통화·금융 권력으로 헤게모니의 쇠퇴를 역전시키려는 미국의 전략은 이중 적자의 누적과 자본 수입capital import의 증가, 금융 불안정성의 심화로 귀결되는 수밖에 없다는 문제를 내포하고 있었다. 그런데 만성적으로 이중 적자가 누적되는 상황에서도 미국 금융 시장에는 외국 자본이 계속 유입됐다. 이를 통해 미국은 긴축 조치 같은 국내 경제의 조정을 회피하고 경기를 부양할 수 있었다. 글로벌 불균형 구조는 미국이 통화·금융에서 갖는 우위를 잘 보여 줬지만, 동시에 금융 불안정성과 미국 경제의 대외적 취약성이 더 커졌음을 의미하기도 했다.

금융 위기는 이와 같은 모순이 응축돼 폭발한 사건으로, 미국 헤게모니의 변화에서 중대한 분기점이었다. 금융 위기는 미국 헤게모니의 쇄신을 가능하게 했던 금융 세계화의 한계를 드러냈다. 과도한 대외 부채가 누적된 상황에서 잉여 달러 환류 메커니즘이 교란되거나 미국이 달러에 대한 통제력을 상실할 경우 미국 헤게모니의 핵심인 통화·금융 권력이 소멸할 수도 있다. 그래서 미국은 통화·금융 권력의 산물인 동시에 금융 위기를 야기한 취약점이었던 이중 적자와 글로벌 불균형을 관리 가능한 수준으로 조정하는 것을 국가 안보에 직결되는 과제로 추진할 수밖에 없었다. 달러 발권력을 유지하고 금융 세계화를 지속해야 헤게모니를 유지할 수 있기 때문이다.

미국의 세계 전략에서 동아시아 지역이 중요해지는 것이 바로 이 지점에서다. 금융 위기 이후 집권한 오바마 행정부는 미국을 태평양 국가로 규정하고, 아시아-태평양을 최우선시하는 새로운 세계 전략의 필요성을 강조했다. 미국의 세계 전략 전환은 2011년 아시아-태평양 재균형rebalancing 전략으로 공식화됐다. 그 결과 경제, 군사·안보, 외교 등 대외 전략의 전 영역에서 광범위하고 실제적인 변화가 나타났다.

미국 세계 전략의 핵심은 글로벌 불균형의 조정을 통해 통화·금융 권력을 유지하고, 이를 위한 지정학적 환경을 구축하는 것이었다. 새로운 동아시아 전략은 이런 목표를 그대로 반영하고 있었다. 2000년대 이후 동아시아 국가들은 미국으로 상품을 수출해 축적한 수출 달러exports dollar를 다시 미국의 금융 시장에 투자함으로써 미국이 통화·금융 권력을 유지하는 데 기여했다. 금융 위기 해결을 위한 국제 공조에서 가장 중요한 역할을 한 것 또한 미국 국채 최대 보유국인 중국과 일본이었다.

기축통화 달러는 수익성은 낮지만 가장 안전한 자산이다. 동아시아 국가들은 다량의 달러 자산을 축적했고, 달러화가 안정적인 가치를 유지하기를 바라게 됐다. 또 기축통화 발행국 미국의 구매력으로 인해 수출 의존도가 높은 동아시아 국가들은 미국 시장에 의존할 수밖에 없었다. 미국은 막대한 이중 적자의 누적에도 불구하고 저축과 투자 없이 외부로부터 유입된 자본으로 생산 이상의 소비를 유지할 수 있었다.

이처럼 금융 위기 이후 동아시아 전략의 전환은 단기적인 외교 정책이나 특정 지역을 대상으로 하는 지역 전략의 문제가 아니라 세계 체계 수준의 전략적 환경 변화를 반영하는 근본적인 전환이다. 트럼프 행정부 출범 이후의 부분적인 조정에도 불구하고 미국은 금융 위기 이후 변화한 세계 전략 기조를 유지하고 있다.

미국에 가장 중요한 고려 대상은 동아시아, 특히 중국이다. 중국 중심의 동아시아 지역 경제가 세계 경제 성장을 주도한 2000년대 이후 중국은 미국에게 가장 중요한 파트너이자 경쟁자였다. 동아시아 경제가 금융 위기 이후에도 상대적인 안정성을 유지하면서 위기 해결에 기여하자 동아시아의 중요성은 더 커졌다. 동시에 중국의 지정학적 팽창이 지속되면서 동아시아는 전략적 요충지가 됐다.

금융 위기 이후 중국은 G2의 일원으로서 미국과 함께 세계적인 의제를 논하는 국가로 성장했고, 미국은 국제 정치 경제 질서의 안정을 위해서 중국의 협력을 구할 수밖에 없었다. 중국은 국제 통화 기금IMF의 자본 확충에 협조하는 등 금융 위기 해결을 위한 노력에 적극적으로 협조했다. 중국의 위상이 높아지면서 미국 헤게모니가 쇠퇴하고, 중국이 새로운 헤게모니 국가가 될 것이라는 전망이 확산되기도 했다.

중국의 부상은 과거의 사례들로 설명되지 않는 새로운 쟁점을 제기한다. 중국 역시 다른 동아시아 국가들처럼 미국 주도 세계 체계에 순응하는 전략을 통해서 발전을 도모했고, 수출 달러 환류를 통해 미국의 통화·금융 권력 유지에 복무했다. 그러나 중국은 과거 미국의 통화·금융 권력을 지탱했던 핵심 국가들과 달리 미국에 군사·안보적으로 종속되어 있지 않고, 미국과 동맹을 맺고 있지도 않다. 게다가 글로벌 불균형의 크기가 과거와 비교할 수 없을 정도로 커졌기 때문에 조정 과정에서 발생할 수 있는 갈등과 긴장도 더 심화될 가능성이 높다.

단기간에 위안화가 달러화를 대체하거나, 세계 경제가 중국을 중심으로 재편될 가능성은 크지 않다. 그러나 미국의 구조적 우위에도 불구하고 중국의 외환 보유고가 증가하면 중국의 협상력도 커진다. 금융 위기에 대응하는 과정에서 미국은 동아시아 주요 채권국들의 협력을 구할 수밖에 없었다. 중국이 미국에 의존하는 만큼 미국도 중국에 의존하고 있다는 사실이 드러난 것이다. 최근의 미·중 무역 전쟁이 보여 준 것처럼 미·중 관계의 변화나 지역 정세 변화에 따라 미·중 양국의 갈등, 나아가 동아시아 지역 전체의 긴장이 증폭될 위험도 없지 않다. 위안화를 국제화하려는 시도나 일대일로一帶一路 전략을 둘러싼 갈등은 이런 맥락에서 설명할 수 있다.

오바마 전 대통령의 표현대로 미국이 "아시아-태평양에 모든 것을 걸고 있"는 상황에서 동아시아의 미래는 어떻게 전개될 것인가? 아시아-태평양이라는 지역 관념을 더 확대한 트럼프 대통령의 "인도-태평양의 꿈Indo-Pacific Dream"이라는 새로운 비전은 과연 동아시아와 한국에 어떠한 영향을 미칠 것인가?

미국은 위기에 직면해 있지만 통화·금융 권력을 토대로 한 구조적 우위를 가지고 있고, 군사력에서도 압도적인 우위를 유지하고 있다. 문제는 헤게모니를 강화할 수 있는 대안이 불확실한 상황에서 2000년대 미국과 동아시아, 특히 미·중 관계의 경제적 구조가 얼마나 더 지속될 수 있을지 명확하지 않다는 점이다. 금융 위기 이후 미국 헤게모니의 변화, 여기서 동아시아 지역이 갖는 중요성을 고려할 때 미국이 강력한 동아시아 전략을 포기하기는 쉽지 않을 것으로 보인다. 특히 글로벌 불균형의 조정은 상당한 정치적, 경제적 비용을 유발하기 때문에 당사국들 사이의 첨예한 갈등을 유발할 가능성이 크다.

역사의 전개 방향을 예측하기는 쉽지 않다. 분명한 것은 2007~2008년 금융 위기가 미국 헤게모니의 변화에 있어서 중대한 전환점이며, 동아시아와 세계의 미래가 미국의 동아시아 전략과 지역 국가들의 상호 작용, 특히 미·중 관계의 동학이 야기하는 불안정성 속에서 결정될 것이라는 점이다. 금융 위기 이후 미국의 세계 전략 전환, 이에 대한 핵심 국가들의 대응은 미국 헤게모니의 진로는 물론, 세계 체계의 변화에도 중대한 영향을 미칠 것이다.

1 트럼프 행정부와 공세적 대외 전략

힘을 통한 평화

"미국을 다시 위대하게Make America Great Again"라는 구호를 내걸고 당선된 트럼프 대통령은 전임 행정부의 대외 전략을 비판하면서 새로운 세계 전략 구상을 제시했다. 트럼프 대통령은 재균형 전략으로 대표되는 오바마 행정부의 과도한 대외 개입을 비판했고, '아메리카 퍼스트'와 '세계주의를 대체하는 미국주의'를 주장하며 세계 전략의 근본적인 전환을 예고했다. 또 미국이 헤게모니 국가로서의 역할을 포기해야 한다고 주장하면서 고립주의를 옹호해 논란을 낳았다. 이로 인해 일관성 있는 대외 전략의 부재에 대한 우려가 확산됐다. 그러나 현실에서 트럼프의 미국 우선주의는 고립주의와는 구별되는 일방주의로 나타났다.

트럼프 대통령은 제도적, 외교적 수단보다 강력한 군사력에 기반한 대외 전략을 지향했다. 취임사에서 오바마 행정부의 대외 전략이 유약하다고 비판했고, '힘을 통한 평화peace through strength'를 내세우며 미국의 세계적 역할과 강력한 대외 전략의 중요성을 강조했다. 2017년 발간된 보고서《국가 안보 전략》[2]에서는 "미국의 가치와 이익을 위협하는" 중국과 러시아에 대한 강력한 억제가 필요하다고 역설했다.

트럼프 행정부는 "미국의 군사력을 다시 강력하게Making Our Military Strong Again"라는 전략적 기조에 따라 군사력을 강화했다. 금융 위기 직후인 2011년 제정된 예산 통제법이 규정한 국방 예산 감축 계획은 폐지됐다. 2018 회계 연도 예산에서는 대다수 연방 정부 부서의 예산이 삭감되었음에도 불구하고 국방비는 10퍼센트 수준으로 대폭 증액됐다. 2018년 국방 수권법은 미사일 방어의 강화, 해공군 첨단 무기 및 장비의 증강, 육군과 해병대 병력의 증강과 관련된 내용도 포함하고 있었다.

또 트럼프 행정부는 다자 제도를 상대화하는 동시에 양자 동맹에서 상호주의에 기반한 요구를 강화했다. 트럼프 대통령은 선거 캠페인 기간에도 미일 동맹과 한미 동맹, 그리고 북대서양조약기구NATO가 경제적으로 공정하지 않은 동맹 관계라고 주장했다. 동맹국들이 더 큰 비용을 분담해야 한다고 압박하면서, 일본과 한국이 주일, 주한 미군 주둔 비용을 전액 지불해야 한다고도 했다. NATO 회원국들에게도 국방비 증액을 요구했다. 나아가 핵심 동맹국들의 역할이 단순히 비용 분담cost sharing의 차원에 머물러서는 안 되며, 실질적인 부담 분담burden sharing으로 나아가야 한다고 강조했다. 동맹국이 스스로의 능력을 증대해 미국이 제공하는 안보 공약에 대한 의존성을 줄여야 한다는 것이다. 트럼프 대통령은 미국의 이런 요구를 거부할 경우 동맹국들에 대한 안보 공약을 철회해야 한다는 강경한 태도를 취했다.

세계 전략의 기조가 변화하면서 금융 위기 이후 세계

전략의 핵심인 재균형 전략이 어떤 방향으로, 어느 정도로 변화할 것인지에 상당한 관심이 집중됐다. 트럼프 행정부의 첫 국무장관인 렉스 틸러슨Rex Tillerson은 트럼프 행정부가 재균형 전략과 단절할 것이라고 강조하기도 했다.

그러나 트럼프 행정부의 동아시아 전략이 재균형 전략과 완전히 단절했다고 평가하기는 어려워 보인다. 트럼프 행정부는 군사력의 강화를 강조하고 있는데 그 핵심은 서태평양 지역의 미국 전력 증강이다. 트럼프는 선거 캠페인 시기부터 아시아-태평양에서 중국이 야기하는 위험을 강조했고, 서태평양의 해군력 증강과 태평양 사령부의 전력 강화를 제안했다. 이에 따라 전투함 추가 건조, 전투기의 추가 배치가 결정되는 등 재균형 전략의 요소들이 강화되는 양상이 나타나고 있다.

트럼프 행정부는 인도-태평양 지역이 미국의 국익에 매우 큰 영향을 미치는 전략적 고려 대상임을 강조하고 있다. 아시아-태평양이라는 기존의 지역 규정을 더 확대한 것이다. 미국이 인도-태평양에 대한 강력한 개입을 강조하고 나선 것은 일대일로 전략으로 군사적, 경제적 팽창을 시도하고 있는 중국을 더 강하게 압박하겠다는 의지의 표현이다. 트럼프 행정부는 2017년《국가 안보 전략》을 통해 일대일로 전략을 미국 중심의 자유주의적 국제 질서에 대한 강력한 도전으로 규정한 바 있다. 인도-태평양이라는 명명에는 중국이 인도양으

로 영향력을 확대하고 있는 상황에서 중국에 대한 견제를 강화하겠다는 의도가 내포되어 있는 것이다.[3]

트럼프 행정부는 이런 목표를 달성하기 위해 일본, 호주, 한국 등 기존의 동맹 관계뿐만 아니라 인도와의 전략적 연계를 강화하고 있다. 향후 동아시아 지역에서 미국의 군사, 안보 전략은 재균형 전략의 연장선에서 인도-태평양 전체를 아우르는 해공군력 투사 능력의 강화에 초점이 맞춰질 것으로 예상된다. 태평양 사령부PACOM의 이름을 인도-태평양 사령부INDOPACOM로 바꾼 것도 같은 맥락에서 설명 가능하다.

실제로 남중국해 일대에서 미국과 중국 사이의 군사적 긴장이 고조되고 있다. 2017년 5월 중국이 시사西沙 군도Paracel Islands 일대에서 대규모 군사 훈련을 실시하자 미국은 즉각 이에 맞서 시사 군도와 난사南沙 군도Spratly Islands 일대에서 항행의 자유 작전을 실시했다. 미국은 이를 통해 난사 군도 영유권이 자국의 '핵심 이익'이라는 중국의 주장을 인정하지 않는다는 점을 분명히 했다. 또 오바마 행정부 시기 항행의 자유 작전이 무해 통항innocent passage 방식을 취한 것과는 달리, 2017년에는 정상적 작전을 실시하며 난사 군도 지역을 통과했다. 미국이 중국에 대해 더 강경한 태도를 취하고 있음을 알 수 있는 대목이다.

2017년 6월, 미국은 타이완에 대한 14억 달러 규모의 무기 판매를 승인했다. 같은 해 7월에는 인도양 일대에서 미국, 일본, 인도 해군이 합동으로 역대 최대 규모의 말라바르Malabar 훈련을 실시하기도 했다. 2018년 4월과 8월에는 미국의 전략 폭격기 B-52H가 둥사東沙 군도Pratas Islands 일대의 중국 방공 식별 구역에 진입해 작전을 수행했다. 2019년의 국방 수권법은 중국이 남중국해에 대한 배타적인 영유권 주장과 군사 기지화를 중단할 때까지 림팩RIMPAC 훈련에 참여할수 없다고 명시하는 등 중국에 대한 군사적 압박을 강화하고 있다. 2019년 7월 트럼프 행정부는 타이완에 20억 달러 규모의 무기를 추가로 판매하겠다고 발표했다.[4]

　이처럼 미국의 군사·안보 전략은 재균형 전략의 기본기조를 유지하는 가운데, 중국에 대한 압박을 강화하는 방향으로 변화했다. 일본, 호주, 한국, 동남아 국가들과의 동맹을 강화한다는 기조도 유지됐다. 그러나 지역 다자 제도에 대한개입은 약화됐고, 양자 동맹에서도 상호주의적 요구가 강화됐다. 트럼프 행정부는 동맹의 비용과 의무를 더 부담할 것을 요구하면서 주요 동맹국들을 압박하고 있다. 다자 제도가약화되고 동맹국에 대한 미국의 압력이 강화되면서 지역 체계에서 갈등과 긴장이 고조될 위험은 더 커졌다. 특히 타이완, 인도와의 군사 협력 관계를 강화하려는 트럼프 행정부의시도는 미·중 양국 간의 갈등과 긴장을 더 심화시킬 수 있다.

무역의 재균형과 경제 안보

트럼프 행정부는 무역에서도 공세적이고 일방주의적인 기조를 유지하며 다자주의적 틀보다 양자 관계를 강조하고 있다. 트럼프 대통령은 무역에서의 엄격한 상호주의와 국내 경제 보호를 내세우면서 무역 관계를 재조정해야 한다고 강조해 왔다. 미국무역대표부USTR가 발행한《2017년 무역 정책 의제 Trade Policy Agenda》에도 이런 기조가 잘 나타나 있다. 이 보고서에 따르면 미국 무역 정책의 핵심 목표는 관세, 보조금, 환율 조작currency manipulation[5] 같은 불공정한 무역 장벽의 철폐를 통한 미국의 경제력 회복이다. 또 필요에 따라 일방주의적인 조치를 포함한 모든 수단과 방법을 통해서 이런 목표를 추구할 것임을 명확히 했다.

미국이 동아시아 전략의 핵심으로 꼽은 것은 무역 적자의 감축과 글로벌 불균형 조정이다. 트럼프 대통령의 핵심 측근이자 국가무역위원회National Trade Council 위원장인 피터 나바로Peter Navarro는 이를 무역의 재균형rebalancing trade으로 지칭하고, 중국, 일본, 한국, 타이완 등 주요 흑자국들에 대한 강력한 통상 압박을 예고했다. 특히 트럼프 행정부는 중국의 중상주의를 강력한 어조로 비판하면서 불법 보조금, 환율 조작, 지적 재산권 위반 등 불공정 무역 관행을 더 이상 용인하지 않겠다는 뜻을 분명히 밝혔다. 실제로 트럼프 대통령은 행정 명령을 통해

서 중국산 철강 제품에 상계 관세countervailing duty를 부과했다.[6]

스티븐 므누신Steve Mnushin 재무장관과 로버트 라이트하이저Robert Lighthizer USTR 대표는 북미 자유 무역 협정과 한미 자유 무역 협정의 재협상을 주장했다. 또 미국의 요구가 관철되지 않을 경우, 협정을 파기할 수도 있다고 압박했다. 2017년 4월 미·중 정상 회담에서는 시진핑 주석이 제안한 무역 불균형 축소를 위한 100일 행동 계획에 합의했다. 미국은 미국산 소고기와 유전자 조작 농산물의 수입, 미국 금융·서비스업의 중국 진출 등을 중국에 요구했고, 이에 관한 합의가 도출됐다. 그러나 미국 재무부는 지속적으로 중국을 관찰 대상국으로 지정해 중국의 환율 정책을 감시했고, 트럼프 대통령은 중국의 환율 조작과 불공정 관행에 대한 공세적인 비판을 지속했다.

경제 전략에서 나타난 가장 중요한 변화는 환태평양 경제 동반자 협정TPP 탈퇴였다. 트럼프 대통령은 취임 직후 첫 번째 행정 명령을 통해 TPP에서 일방적으로 탈퇴했다. TPP 탈퇴는 금융 위기 이후 아시아-태평양 지역을 강조해 오던 대외 전략의 기조가 완전히 역전됐다는 평가가 확산되는 결정적인 계기였다. TPP 탈퇴가 매우 중대한 사건인 것은 분명하다. TPP는 재균형 전략의 핵심 요소였고, 미국이 TPP를 통해서 추구하고자 했던 전략적 목표도 금융 위기 이후 세계 전략의 핵심을 담고 있었기 때문이다.

그러나 TPP 탈퇴를 미국 경제 전략의 근본적 전환으로 해석하기는 어려워 보인다. 미국의 목적은 단순히 상품 수출의 확대를 통해서 무역 적자를 개선하는 것이 아니라, 달러의 우위하에서 금융 세계화를 지속해 미국의 통화·금융 권력을 유지·강화하는 것이기 때문이다. 미국이 TPP 탈퇴를 통해서 도모하려던 것은 이런 목표의 역전이 아니며, 더 공세적인 전략을 통해서 이를 달성하는 것이다.

트럼프 행정부 출범 이후 미국이 제기하고 있는 이슈들은 TPP에 이미 포함되어 있던 것들이다. 군사 전략과 마찬가지로 경제 전략 또한 금융 위기 이후 경제 전략의 연장선에 있는 것이다. TPP 탈퇴에도 불구하고 트럼프 대통령은 아시아-태평양이라는 지역 개념을 확대한 인도-태평양 지역의 중요성을 강조하면서, 여전히 TPP를 통해 달성하고자 했던 전략적 목표들을 추구하고 있다.

TPP라는 틀 자체가 절대적인 중요성을 갖는 것은 아니다. TPP 탈퇴는 미국 리더십의 후퇴로 인식될 수 있지만, 미국이 TPP를 통해서 얻고자 했던 핵심 이익은 양자 간 협정을 통해서도 부분적으로 달성할 수 있는 것들이다. TPP를 통해서 미국이 달성하고자 했던 전략적 과제는 글로벌 불균형 조정 비용을 타국에 전가하고 통화·금융 권력을 유지하는 것이다. 이는 미국 헤게모니의 진로에서 결정적으로 중요한 과제이기도 하다. 따라서 TPP의 틀에서 소기의 성과를 달성하지 못할 경우에는 일방주의를 강화하고 양자적 틀을 활용해서 이런 전략적 과제를 달성하려 할 가능성이 높다. 최근의 미일 자유 무역 협정 제안이나 한미 자유 무역 협정 및 북미 자유 무역 협정 재협상, 무역 전쟁으로 비화된 중국과의 무역 분쟁은 이런 맥락에서 설명할 수 있다.

한 가지 주목할 만한 점은 트럼프 행정부가 공세적이고 일방주의적인 무역 정책을 국가 안보의 차원에서 정당화하고 있다는 사실이다.《국가 안보 전략》에서는 "경제 안보economic security가 곧 국가 안보national security"라고 명시했고,《2018년 무역 정책 의제》는 강력한 무역 정책을 통한 미국의 경제력 회복과 국제 정치경제 질서의 공정한 재편이 미국 국가 안보와 직결되는 문제임을 강조했다. 나아가 미국은 중국을 국가 안보를 위협하는 도전국으로 규정하고, 연구·개발과 첨단 기술에서의 우위를 특별히 강조하고 있다.

트럼프 대통령은 취임 직후 이미 철강 산업이 국방력의 근간이라는 점을 강조하면서 필요에 따라 일방적인 수입 규제 조치를 취할 수 있음을 시사했다. 중국 철강 수입품이 미국 국가 안보에 미치는 영향을 조사하도록 상무부에 지시했고, 국제무역위원회U.S. International Trade Commission에는 중국 철강 수입품에 대한 엄격한 반덤핑 조사를 요구하기도 했다. 경제적 피해가 발생할 때 보복 조치를 취할 수 있음을 규정한 무역법Trade Act of 1974 301조, 국가 안보 위협이 발생할 때 제재를 가할 수 있다고 규정한 무역 확대법Trade Expansion Act of 1962 232조가 이런 무역 제재에 근거를 제공했다. 또 2019년 국방 수권법은 외국인 투자 심의 위원회Committee on Foreign Investment in the United States를 통해서 미국에 투자된 중국 자본이 미국의 국가 안보에 미치는 영향력을 심사하고, 중국 기업의 미국 기업 인수를 제한하는 등 핵심 기술의 유출을 통제하도록 규정했다.

미·중 무역 전쟁

2018년부터 미·중 양국의 무역 분쟁은 무역 전쟁의 양상으로 전개됐다. 미국은 무역 전쟁을 시작하면서 과거부터 지적해 온 중국의 환율 조작, 보조금, 지적 재산권 침해에 더해 '중국 제조 2025'와 같은 중상주의적 산업 정책이 공정한 무역 질서를 파괴하고 있다고 비판했다. 중국 제조 2025는 기술 혁신을 통해서 첨단 산업에서의 역량을 강화하고, 노동 집약형 산업 구조를 기술 집약형 산업 구조로 전환하려는 시도다. 또 이를 토대로 양적 지표뿐만 아니라 질적인 수준에서도 미국을 능가하는 경제 대국이 되겠다는 야심 찬 기획이다. 이를 위해 중국 정부는 IT, 로봇, 항공·우주, 신소재, 의료 산업 등의 전략 산업 육성을 추진해 왔다.

중국 제조 2025에 대한 미국의 강력한 비판에서 공세적인 무역 정책이 단지 무역 수지 개선을 위한 것이 아니라 미·중 헤게모니 경쟁의 연장선에 있다는 점을 읽을 수 있다. 트럼프 행정부는 국가 안보에 대한 위협을 근거로 2018년 3월 중국산 철강 및 알루미늄에 대해 무역 확대법 232조를 적용해 각각 25퍼센트와 10퍼센트의 관세를 부과하기로 했다. 또 미국이 4월에 25퍼센트의 관세를 부과한 1300개 품목에는 인공지능, IT, 반도체, 전기차, 의료 장비 등 중국 제조 2025가 강조하고 있는 첨단 상품들이 상당수 포함되어 있었다. 이 상품들은 미국의 무역 적자 누적과 큰 관계가 없다.

　　중국이 보복 관세로 대응하면서 무역 전쟁은 급속히 확대됐다. 중국은 미국을 강력히 비난하면서 동일한 규모와 금액의 미국산 수입품에 보복 관세를 부과했다. 대두나 자동차, 항공기 등 보복 관세의 영향을 극대화할 수 있는 품목을 선정해 관세를 부과했고, 미국에 상당한 타격을 가할 수 있었다. 이에 대한 대응으로 미국은 1000억 달러 규모의 중국 상품에 대한 추가 관세 부과를 검토했고, 중국 통신 기업인 ZTE 코퍼레이션에 대한 미국 기업의 부품 납품을 금지했다. 이런 조치에 반발한 중국은 10억 달러 규모의 미국산 사탕수수에 관세를 부과했다.

　　2018년 5월 두 차례에 걸쳐 미·중 고위급 회담이 개최됐다. 미국은 2017년 3800억 달러를 기록한 대중국 무역 적자를 2020년까지 2000억 달러 수준으로 감축해야 한다고 주장했다. 나아가 중국 제조 2025의 핵심 산업들에 대한 보조금 지원을 중단하고, 지적 재산권 보호를 위한 실질적인 방안을 강구하라고 요구했다. 중국은 무역 불균형 축소에 대해서는 협력하겠다는 입장을 견지했지만, 중국 제조 2025와 관련된 요구는 자국의 주권을 침해하는 행위라고 일축했다. 협상 결과 양국은 중국의 자동차 수입 관세 인하, 무역 불균형 조정을 위한 양국 협력, 지적 재산권의 존중에 관해 합의하고, 보복 관세 부과를 중단하기로 결정했다. 그러나 트럼프 대통령이 이 합의안을 거부하며 무역 전쟁은 더욱 격화됐다.

2018년 6월 개최된 미·중 양국의 고위급 회담은 어떠한 합의도 도출하지 못한 채 결렬됐다. 미국은 한 달 뒤인 7월 반도체와 통신 장비 등을 포함한 818개 품목, 340억 달러 규모의 중국산 수입품에 대해 25퍼센트의 관세를 부과했다. 중국도 미국의 공세에 동일한 방식으로 대응했다. 대두를 포함한 농산물과 자동차 등 340억 달러 규모의 545개 품목에 25퍼센트의 관세를 부과했고, 추가로 160억 달러 규모의 114개 품목에도 25퍼센트 관세 부과를 결정했다. 8월에도 미·중 양국은 160억 달러 규모의 수입품에 25퍼센트의 보복 관세를 부과했다. 고위급 회담이 8월 말에 개최되었지만 아무런 성과가 없었고, 9월 말에 양국이 5000여 개 이상의 수입품에 보복 관세를 부과하면서 협상이 중단되기에 이르렀다. 미국은 6월과 8월의 고위급 회담에서도 중국 제조 2025의 폐기를 요구했지만 중국은 수용하지 않았다.

무역 전쟁으로 미국과 중국의 무역량이 급격히 감소하면서 세계 각국의 금융 시장은 물론, 실물 경제도 큰 타격을 받았다. 무역 전쟁의 당사자인 중국은 물론, 수출 의존도가 큰 일본, 한국 등 동아시아 국가들의 제조업 생산이 위축됐다. 미국의 농산물 수출도 급감했지만 수출 의존도가 큰 신흥국들이 더 큰 타격을 받을 수밖에 없었다.

"눈에는 눈, 이에는 이tit-for-tat"식의 보복 조치 속에서 한 치의 양보도 없이 전개되던 미국과 중국의 극한 대치는 11월부터 새로운 국면으로 전환되기 시작했다. 미·중 양국은 마이크 폼페이오Mike Pompeo 국무장관과 제임스 매티스James Mattis 국방장관, 양제츠杨洁篪 외교 담당 국무위원, 웨이펑허魏鳳和 국방부장이 참석한 외교 안보 고위급 대화에서 무역 전쟁을 끝내기 위한 출구 전략이 필요하다는 원칙에 합의했다. 트럼프 대통령과 시진핑 주석은 12월 1일 G20 정상 회의가 개최된 아르헨티나 부에노스아이레스에서 정상 회담을 가졌다. 그 결과 90일간 무역 전쟁을 휴전하고, 협상을 통해 해결 방안을 찾자는 합의가 도출되었다. 미·중 양국은 추가적인 관세를 부과하려던 계획을 즉각 철회했고, 지금까지 부과한 모든 관세를 철폐하는 방안을 모색하기 시작했다.

무역 전쟁은 양국 모두에 상당한 부담을 주기 때문에 2018년에 전개된 극단적인 무역 전쟁의 양상이 그대로 재현될 가능성은 크지 않다. 양국의 경제적 상호 의존성을 고려했을 때 무역 전쟁은 막대한 경제적 손실을 야기하고, 국내 정치적으로도 정권의 기반을 약화시킬 위험이 있기 때문이다. 특히 중국의 경우 무역 의존도가 미국에 비해서 훨씬 크며, 미국 시장에 대한 의존도도 높아 동일한 규모의 보복 관세를 부과하는 것은 상당한 부담일 수밖에 없다. 이런 이유로 중국이 미국의 요구를 부분적으로 수용하고, 무역 전쟁에서 양보할 것이라는 전망이 출현하기도 했다.

그러나 미국과 중국은 휴전 기한인 90일 이내에 합의를 도출하는 데 실패했다. 2018년 말의 미·중 정상 회담 직후 시진핑 주석은 경제 개혁과 개방의 확대를 강조하는 등 미국이 요구한 구조 개혁을 부분적으로 수용할 의사가 있음을 시사하기도 했다. 이후에도 중국은 무역 불균형을 시정하기 위한 조치들을 추가적으로 제시함으로써 양보의 제스처를 취했고, 미국도 이를 전향적으로 수용한다는 입장을 밝혔다.

하지만 중국 정부는 구체적인 이행 조치들을 제시하지 않았다. 오히려 시진핑 주석이 개혁·개방 40주년 기념 연설에서 "타국의 간섭에 맞서서 중국의 정당한 권익을 지켜나갈 것"이라는 취지의 발언을 함으로써 미국을 겨냥하는 듯한 인상을 주기도 했다. 또 시진핑 주석은 원론적으로 개방을 강조하면서도, 핵심 기술에서의 자주성을 역설함으로써 중국 제조 2025의 중요성을 우회적으로 강조했다. 지적 재산권과 기술 유출, 핵심 산업에 대한 외국 기업 투자 제한의 문제 등은 중국 입장에서는 사활이 달려 있는 국가적 과제로 추진하고 있는 정책이며, 단기간에 급격한 정책 전환을 시도하기도 어려운 문제들이다.

미국과 중국은 무역 전쟁의 휴전 기간을 연장하고, 라이트하이저 무역 대표부 대표와 므누신 재무장관, 류허劉鶴 부총리 주도하에 고위급 회담과 실무 협상을 지속했다. 그러나 트럼프 대통령은 고위급 협상이 진행 중이던 2019년 5월 추가 관세를 검토하겠다고 중국을 압박했고, 중국 또한 보복 관세로 대응하겠다고 응수했다. 이에 미국 상무부는 중국 제조 2025의 핵심 기업인 화웨이와 미국 기업들의 거래를 제한했고, 중국은 희토류 수출 중단과 미국 농산물 수입 제한 조치로 대응했다. 결국 양국의 무역 협상은 중단됐다.

2019년 6월 오사카 G20 정상 회의에서 미·중 양국 정상은 중국산 제품에 대한 미국의 추가 관세 잠정 중단, 중국의 미국산 농산물 수입 재개, 무역 협상 재개에 합의했다. 또 트럼프 대통령은 화웨이에 대한 제재를 완화하겠다는 입장도 밝혔다. 그러나 무역 전쟁의 핵심 쟁점들이 근본적으로 해결된 것은 아니다. 따라서 미국의 무역 적자 감축과 중국 시장 개방, 중국 제조 2025 등을 둘러싼 갈등은 미·중 헤게모니 경쟁의 차원에서 중·장기전으로 전환될 가능성이 크다.

오바마의 재균형을 강화하다

트럼프 행정부 출범 직후 다수의 미국 대외 전략 전문가들은 미국의 대외 전략이 고립주의를 지향할 것이라고 전망했다. 그러나 현실에서 미국의 세계 전략과 동아시아 전략은 트럼프 대통령의 고립주의적 레토릭과는 다른 방향으로 전개됐다. 금융 위기 이후 미국이 직면한 전략적 과제, 그리고 중국의 부상이라는 국제 관계의 현실을 고려했을 때도 트럼프 대통령의 급진적 레토릭이 현실화될 가능성은 크지 않아 보인다.

오바마 행정부와 트럼프 행정부 사이의 단절을 강조하는 논의들은 트럼프 행정부가 미국 우선주의 원칙에 입각해서 대외 전략을 재조정하기 시작했다고 주장하면서 이는 전통적인 헤게모니 노선과의 단절을 의미한다고 분석했다. 그래서 국제적인 리더십과 강력한 대외 개입을 추구하는 재균형 전략이 지속되지 않을 것이라고 전망하기도 한다. 물론 트럼프 행정부와 오바마 행정부의 동아시아 전략 사이에는 분명한 차이가 있다. 그러나 이 차이는 전략적 목표를 완전히 바꾸는 것이 아니라 정책 수단에 있어서 더 공세적인 노선을 채택한 것으로 봐야 한다.

군사·안보 전략의 변화는 트럼프 행정부가 오바마 행정부의 상징과 같았던 재균형 전략의 요소들을 더 강화했다는 점을 보여 준다. 아시아-태평양에서 미군의 전력은 더 강화됐고, 군사 개입도 확대됐다. 핵심 동맹국들과의 관계도 유지, 강화됐다. 트럼프의 과격한 레토릭과 달리 현실에서는 급진적인 변화가 나타나지 않은 것이다. 동아시아 지역의 전략적 중요성을 고려했을 때, 동아시아 지역에서 동맹 관계의 청산이나 미군 철수 같은 극단적인 시나리오가 현실화될 가능성은 크지 않다.

경제 전략에서는 TPP 탈퇴라는 중대한 변화가 나타났다. 그러나 1980년대에 금융 세계화를 확대하려 했던 미국의 경제 전략에서 알 수 있는 것처럼, 자국 본위의 정책이 반드시 보호주의로 귀결되는 것은 아니다. 레이건 행정부도 트럼프 행정부와 마찬가지로 상호주의에 기반한 공정 무역을 내세우면서 주요 흑자국들에게 공세적으로 시장 개방을 요구했다. 또 불공정 무역 관행을 강력히 비판했고, 필요에 따라 상계 관세 부과, 수입 금지 및 제한 조치 발동 등 일방주의적인 조치들을 취하기도 했다. 마찬가지로 트럼프 행정부의 경제 전략도 보호주의의 전면화가 아니라 통화·금융 권력의 우위를 활용한 일방주의, 그리고 미국에게 유리한 선별적인 무역 자유화의 일환으로 분석할 수 있다.

트럼프 행정부의 무역 정책은 세계화를 공세적으로 확대하고, 이를 토대로 미국 헤게모니를 쇄신한 1980년대 미국의 무역 정책과 유사한 방향으로 전개되고 있다. 경제적 민족주의로 포장된 트럼프의 경제 전략은 신자유주의적 세계화를 역전시키려는 것이 아니라, 세계화를 자국의 이익에 부합하는 방향으로 추진하려는 전략이다. 미·중 무역 전쟁에서 확인한 것처럼 중국에 대한 비판과 글로벌 불균형 조정의 비용을 전가하려는 미국의 압박은 더 강화될 가능성이 높다. 그 과정에서 미국과 지역 국가들, 특히 미·중 사이의 갈등이 심화될 수도 있다. 현재 USTR 대표인 라이트하이저가 레이건 행정부 시절에 USTR 부대표를 역임했다는 사실은 시사하는 바가 크다.

이처럼 트럼프 행정부의 대외 전략 기조는 오바마 행정부의 대외 전략과 일정하게 단절했지만, 미국의 세계 전략과 그 핵심인 동아시아 전략의 근본적인 추세가 역전됐다고 보기는 힘들다. 미국의 힘, 핵심 국가들과의 관계 같은 전략적 환경이 크게 변화하지 않았기 때문이다. 오히려 트럼프 행정부의 대외 전략은 2007~2008년 금융 위기 이후 미국의 세계 전략 변화의 연장선에서 일관되게 이어지고 있는 것으로 분석할 수 있다.

금융 위기 이후 동아시아 지역이 갖는 중요성은 더욱 커졌고, 중국의 부상으로 인해서 지정학적으로도 가장 중요한 지역이 됐다. 이 때문에 오바마 행정부는 대외 전략의 부분적인 축소에도 불구하고 아시아-태평양에 대해서만큼은 강력한 개입을 유지했다. 트럼프 행정부가 오바마 행정부와 차별성을 확보하려 하더라도 금융 위기 이후 지속되어 온 세계전략의 핵심 기조는 더 강화될 것이다. 이런 목적을 공세적이고 일방주의적인 방식으로 추진할 경우, 미·중 양국 사이의 갈등이 심화되거나, 지역 체계 전반의 긴장이 고조될 수도 있다. 이는 지역 국가들이 쉽게 풀어 나갈 수 없는 커다란 전략적 도전이 될 것이다.

금융 위기 이후,
미국은 무엇을 하려 하는가?

헤게모니 위기와 일방주의적 대응

2007~2008년 금융 위기 이후 미국의 세계 전략 변화를 분석하기 위해서는 우선 금융 위기가 미국 헤게모니의 변화에서 갖는 의미를 이해할 필요가 있다. 미국이 가진 힘의 크기와 성격의 변화는 미국의 전략적 목적과 이 목적을 달성하기 위해서 동원할 수 있는 수단을 결정하는 가장 중요한 요소이기 때문이다.

금융 위기는 1980년대 이후 통화·금융 권력을 중심으로 부활한 미국 헤게모니의 모순과 한계를 드러낸 사건이었다. 따라서 금융 위기의 함의를 분석하기 위해서는 1970년대의 헤게모니 위기 이후 통화·금융 권력을 중심으로 미국 헤게모니가 변화하는 과정으로 거슬러 올라가서 미국 헤게모니의 변화를 파악해야 한다.

미국 헤게모니의 변화에 관한 대부분의 논의는 일관된 분석 없이 현실의 변화를 사후적으로 묘사했다. 탈냉전 이후 미국의 압도적 우위를 전망하는 주장이 1970~1980년대의 미국 쇠퇴론을 대체한 것이나, 2007~2008년 금융 위기 이후 쇠퇴론이 급속히 확산된 것이 바로 그 사례다. 2장에서는 아래의 표와 같이 헤게모니의 경제적 토대와 정치적·제도적 토대라는 두 측면에서 미국 헤게모니의 변화를 설명하고자 한다. 이를 통해 미국의 쇠퇴와 우위라는 이분법적 주장을 지양하고, 헤게모니 변화에 직면한 전략적 대응 속에서 미국의 강

미국 헤게모니의 역사적 변화

	경제적 토대	정치적·제도적 토대
실물적 축적 (1945~1971)	산업 생산·무역	다자주의 제도
실물적 축적의 위기 (1970년대)	헤게모니의 위기와 일방주의적 대응	
금융적 축적 (1979년 이후)	통화·금융	일방주의의 확대
금융적 축적의 위기 (2007년 이후)	미국의 동아시아 전략과 그 결과	

점과 한계가 작동하는 구체적 양상에 주목해야 한다.[7]

미국은 20세기 중반 이래 군사적으로 가장 강력하고 경제적으로 가장 부유하며, 문화적으로 가장 우월한 국가였다. 20세기 초반에 이미 세계 제일의 경제 대국이었고, 1930년대 대공황을 해결하는 과정에서 경제적 우위를 더 확고히 했다. 제2차 세계 대전과 뒤이은 냉전은 미국이 압도적인 능력을 전 세계로 투사하고, 세계 질서가 미국을 중심으로 재편되는 결정적인 계기였다.

전후 세계 경제 질서는 미국에 절대적으로 의존했다. 가장 중요했던 것은 미국의 압도적인 생산 능력과 달러의 역할이었다. 브레튼 우즈Bretton Woods 체제로 지칭되는 전후 국제 통화·금융 질서는 달러의 가치를 금에 고정하고 다른 통화들의 가치는 달러에 고정하는 금-달러 본위제였다. 또 미국은 외국 중앙은행이 보유한 달러의 금 태환을 보장했다. 순수 금 본위제에 비해서 금의 역할을 상대화하면서 사실상 달러를 기축통화로 채택한 것이다. 미국이 전 세계 금의 70퍼센트를 보유하고 있는 상황이었으므로 세계 시장의 유동성 공급은 사실상 미국의 대외 정책에 따라 좌우됐다.

냉전은 미국 중심의 세계 질서가 최종적으로 확립되는 계기였다. 미국 중심의 경제 질서가 작동하기 위해서는 미국이 전 세계에 유동성을 공급해야 했다. 달러 유동성의 부족을 뜻하는 달러 갭dollar gap 문제를 해결한 것은 해외에서의 군비 지출과 원조 프로그램이었다. 미국의 원조와 군비 지출은 1970년대 초반까지 꾸준히 증가했다. 이는 미국이 세계 경제에 필요한 유동성을 공급하는 세계의 중앙은행, 즉 최종 대부자lender of last resort 역할을 맡았음을 의미했다. 냉전은 미국 헤게모니 확립의 지정학적 토대가 되기도 했다. 미국의 팽창적 세계 전략과 미군의 해외 배치가 정당화됐고, 동맹국들이 반공주의를 중심으로 결집했다.

그러나 세계 질서에서 미국이 차지했던 우위는 1960년대 후반부터 손상되기 시작했다. 생산 능력이 쇠퇴하고 무역적자가 누적됐다. 헤게모니 위기의 징후가 나타나자 미국은 한계를 인정하고 닉슨 독트린을 통해 대외 전략을 축소하고 지정학적 긴장을 완화했다. 그런데 미국의 경제력 쇠퇴로 금-달러 본위제에 기초한 고정 환율제가 위기에 빠지자 기축통화 발행이라는 자국의 특권을 극대화하는 방식으로 위기를 극복할 수 있는 역설적인 선택지가 등장했다.

미국은 금의 비화폐화demonetizing를 주장하며 기축통화로서 달러의 지위를 공고히 했다. 1960년대 후반부터 금 태환 중지 시나리오를 검토한 미국은 1971년 신경제 정책New Economic Policy을 발표해 달러의 금 태환을 일방적으로 중지했다. 이후에도 금 태환과 관련해 어떤 의무도 지지 않겠다는 비타협적 태도를 유지했다. IMF 특별 인출권SDR이 국제적 유동성의 기초가 되어야 한다는 제안에는 거부권을 행사했다. 1969년 도입된 SDR은 금속 화폐인 금과 일국의 통화인 달러를 기축통화로 사용하는 문제점을 보완하기 위해서 고안된 새로운 국제 준비 통화였다. IMF가 관리하는 SDR 사용이 확대되면 미국은 기축통화 발행국이 갖는 우위를 누릴 수 없었다.

미국이 이런 전략을 선택한 이유는 분명했다. 금과 같은 정화正貨와의 연계를 단절한 순수 달러 본위제하에서 기축통화 발행국의 권력이 극대화되기 때문이다. 미국을 제외한 다른 국가들의 통화는 국제 통화로서의 능력을 결여하고 있었다. 국내 거시 경제의 안정, 국제 시장에서의 구매력, 안정적인 가치 저장 수단의 확보를 위해서는 달러가 필요했다. 이와 달리 기축통화 발행국인 미국은 외환 보유의 부담에서 자유로웠고, 상당한 규모의 국제 수지 적자가 발생해도 긴축 정책을 시행하지 않을 수 있었다. 미국의 국제 수지 불균형에도 불구하고 각국 정부는 달러 준비 자산을 계속 축적했고, 시장에서도 달러화 표시 자산에 대한 선호가 유지됐다. 달러가 기축통화 지위를 유지했기에 미국은 국내 경제 조정을 회피하고 거시 경제적 자율성을 향유할 수 있었다.

기축통화 발행국은 시뇨리지seigniorage[8]라는 직접적인 경제적 이익 외에도 기축통화 발권력을 자국의 이익을 위해서 활용하는 예외적인 특권을 누릴 수 있다. 기축통화 발행을 통해서 국제 시장에서 구매력을 확보하고, 기축통화를 필요로 하는 다른 국가들에게 막대한 경제적, 정치적 영향력과 강제력을 행사할 수 있으며, 기축통화를 사용하거나 기축통화 자산을 보유한 국가들이 발행국의 이익에 복무하게 하는 구조적 권력도 가진다. 또 기축통화 발행은 군비 지출에 상당한 이점을 제공함으로써 지정학적 우위에도 기여한다.[9]

그런데 특정 국가의 통화가 금과 연동되지 않은 상황에서 기축통화로 사용되면 기축통화 발행국이 자국 위주의 정책을 남발해 국제 통화 체제가 불안정해질 가능성이 높아진다. 당시 미국이 선택한 선의의 무관심benign neglect 전략은 기축통화 발행국이 가지는 특권을 단적으로 보여 준다. 미국은 국제 수지 균형이나 달러 가치 안정을 위한 국내 경제의 조정을 거부한 채 통화 완화 정책을 지속했다. 적자로 인한 달러 가치 하락이나 인플레이션 등의 비용을 다른 국가와 분담하거나, 다른 국가에 전가하면서 국제 정치경제 질서를 불안정하게 하고 자국의 이익을 추구한 것이다. "달러는 우리의 통화지만 당신들의 문제The dollar is our currency, but your problem"라는 닉슨 행정부 재무장관 존 코널리John Connally의 언급은 미국의 의도를 명확히 보여 줬다.

나아가 미국은 더 유연하고 개방적인 국제 통화·금융 질서를 모색했다. 변동 환율제 도입과 자본 통제 철폐 같은 조치에는 자본 수입으로 적자를 상쇄하려는 미국의 의도가 반영돼 있었다. 1970년대 미국의 이런 전략에 가장 크게 기여한 것은 미국계 초국적 은행을 통한 석유 달러petro dollar 환류였다. 1차 석유 파동 2년 전에 닉슨 행정부는 이미 석유수출국기구OPEC에 큰 폭의 유가 인상을 요구하려는 계획을 가지고 있었다. 1972년 OPEC은 미국의 제안을 수용, 유가를 인상할 경우 미국 민간 은행들을 통해서 석유 달러를 환류하기로 합의했다. 또 1973년 1차 석유 파동 후에는 사우디아라비아를 포함한 석유 수출국들이 미국 국채를 구매하고 석유 가격을 달러로 표시하도록 로비 활동을 하기도 했다.

미국 금융 시장은 그 규모와 유동성을 고려했을 때 매력적인 투자처였고, 달러화 표시 자산은 가장 안정적인 자산이었다. 이런 이유로 개방적 금융 체제에서 기축통화 발권력을 극대화할 수 있다는 것이 미국의 계산이었다. 스태그플레이션으로 케인즈주의가 유지될 수 없는 상황에서 미국은 더 이상 자본 통제와 금융 억압을 바라지 않았다. 통상적으로 금융 자유화는 국가 자율성과 상충 관계에 있는 것으로 알려져 있지만, 미국의 경우 개방적 금융 질서하에서 거시 경제의 자율성과 국제수지 균형의 유연성이 더 커질 수 있었다.[10]

그러나 1970년대의 일방주의적 전략에도 불구하고 헤게모니의 쇠퇴는 역전되지 않았다. 스태그플레이션이 지속됐고, 선의의 무관심 정책은 달러로부터의 이탈을 촉진해 달러의 기축통화 지위를 위협했다. 2차 석유 파동으로 달러 가치가 사상 최저로 하락하자 산유국들이 달러를 기피하는 현상까지 나타났다. 달러 위기가 발생하자 폴 볼커Paul Volcker 연방준비제도이사회(연준) 의장은 통화주의에 입각해서 금리를 급격히 인상했고, 금융 자유화를 확대했다. '볼커 전환'으로 불리는 정책 변화에 따라 세계 자본의 흐름이 다시 미국으로 집중됐다. 해외의 과잉 달러에 대한 통제력을 회복한 미국은 거대 국제 금융과의 동맹을 통해서 통화·금융 권력을 극대화하는 전략을 선택했다.

금융 세계화와 미국의 부활

기축통화 발권력을 유지·강화하기 위해서는 미국이 해외에 달러 유동성을 공급하는 동시에 과잉 달러를 흡수하고 통제할 수 있어야 한다. 그러나 긴축 정책은 해외의 달러 유동성 부족을 야기하기 때문에 순수 달러 본위제의 유지에 적합하지 않다. 1970년대 말의 경제 위기가 수습 국면으로 전환된 1982년, 미국은 볼커 전환 이후의 긴축 정책 기조를 수정해 증시 부양과 경기 회복을 위한 금융 완화 정책을 시행했다. 세계 경제에 지속적으로 달러 유동성을 공급하는 동시에 달러에 대한 통제력을 유지하기 위해서는 초국적 은행이 아니라 증권 시장을 통해 달러를 흡수해야 했다. 이 때문에 미국은 순수 달러 본위제를 유지하기에 적합한 증권 시장 중심의 금융 세계화를 전략적으로 지원했다.

막대한 규모의 이중 적자가 누적되는 상황에서 금융 시장이 팽창하기 위해서는 이중 적자를 상쇄할 수 있는 자본이 미국 금융 시장으로 지속적으로 유입돼야 했다. 미국은 이를 위해 국제기구를 통한 개입, 그리고 주요국 사이의 정책 조정을 주도했다. IMF와 세계은행, 경제협력개발기구OECD 같은 국제기구들은 미국 재무부와의 연계 속에서 금융 세계화의 확대를 추진했다. IMF는 자본 이동의 자유화를 조직의 목표로 설정했고, OECD는 가입 조건으로 금융 규제 철폐를 요구했다.

미국은 G7 국가를 통해서도 유동 자본을 흡수했다. 특히 일본이나 서독 같은 주요 흑자국과의 정책 조정이 중요했다. 플라자 합의Plaza Accord와 역 플라자 합의Reverse Plaza Accord로 대표되는 정책 조정은 환율 조정의 외양을 취했다. 하지만 상대국에게 미국 국채 매입과 금융 개방 확대를 요구하는 등 달러가 기축통화 지위를 유지하는 데 필요한 비용을 다른 국가에 전가하고, 금융 세계화를 심화하는 조치들을 포함하고 있었다. 금융 세계화가 확대되면서 달러의 지배력과 금융에서의 우위가 더 강화되었고, 미국은 자본 수입에 의존해서 경기를 부양하고, 생산 이상의 소비를 지속할 수 있었다.

기축통화 발권력과 금융 부문의 우위가 서로를 강화하는 통화·금융 권력에 기반해 미국 헤게모니는 부활했다. 우선, 경제적 우위가 회복됐다. 생산에서의 우위는 쇠퇴했지만 금융 부문의 주도로 1970년대의 침체가 역전됐고, 신경제에 힘입어 1990년대에는 100개월간 호황이 지속됐다. 경상 수지 적자의 누적에도 불구하고 적자를 충분히 상쇄할 수 있는 대규모 자본이 지속적으로 유입됐고, 이로 인해 신경제가 가능했다.[11]

통화·금융 권력은 지정학적 우위의 강화에도 기여했다. 기축통화 발행국은 군비 조달 능력에서도 우위를 점할 수 있기 때문이다. 레이건 행정부는 이중 적자가 누적되는 와중에도 국방비를 연간 10퍼센트 내외 수준으로 증가시켰다. 이 비용을 충당한 것이 미국 금융 시장으로 유입된 해외 자본이었다. 이렇게 확보한 우위를 토대로 미국은 소련과의 군축 회담을 일방적으로 중단했고, '스타워즈'라고 불린 전략 방위 구상SDI에 1조 달러의 예산을 배정하는 등 공세적으로 2차 냉전을 개시했다.

탈냉전 이후 미국의 군사적 우위는 더 강화됐다. 클린턴 행정부는 1990년대 중반 군 현대화와 신무기 도입을 위한 예산을 큰 폭으로 증가시켰다. 미국 금융 시장으로 유입된 자본은 첨단 군사 기술 개발에 투자돼 군사 혁명Revolutions in Military Affairs으로 이어졌다. 이로 인해 미국과 다른 주요 국가들의 군사력 격차는 더 커졌다.

통화·금융 권력의 모순과 금융 위기

통화·금융 권력을 기반으로 한 미국 헤게모니의 부활에는 모순이 내포되어 있었다. 우선 미국의 정치적 영향력과 지도력이 약화됐다. 미국 헤게모니가 통화·금융 권력을 중심으로 재편되는 과정에서 미국은 자국의 이익을 위해 필요에 따라 일방주의적으로 행동했다. 금융 세계화의 확대 속에서 반복적으로 발생한 외채 위기, 외환 위기가 보여 주는 것처럼 국제 정치경제 질서의 불안정은 심화됐다. 미국 헤게모니의 정치적·제도적 토대는 축소되었고, 미국의 힘에 대한 정당화 기

제도 약화됐다.[12]

더 중요한 것은 미국의 통화·금융 권력 강화와 그에 따른 호황이 대외 부채의 누적과 자본 수입의 증가, 그리고 금융 불안정성 심화와 동시에 진행될 수밖에 없었다는 점이다. 생산에서의 우위가 쇠퇴하고 경상 수지 적자가 누적되자, 미국은 자본 수입과 금융 시장의 팽창을 통해 경기를 부양했다. 그러나 그 토대는 취약했다. 2000년 주식 버블이 붕괴하자 1980년대 이후 변화한 미국 헤게모니의 안정성에 대한 우려가 제기되기 시작했다.

일반적으로 만성적인 적자와 대외 부채의 증가는 외채 위기나 외환 위기를 유발하는 원인이 된다. 그러나 달러가 기축통화 지위를 유지하는 한 미국은 인플레이션 압력으로부터 자유로운 상태에서 필요에 따라 통화 발행량을 증가시키고 외환 보유의 제약 없이 국제 수지 적자를 누적할 수 있었다. 신경제 붕괴 이후에도 미국 경제는 경착륙하지 않았다. 2000년대 초반에는 연간 재정 적자와 무역 적자가 각각 국내 총생산 GDP의 4~5퍼센트 수준을 기록할 정도로 악화됐지만 달러 발권력에 기초한 이중 적자의 누적이 지속됐다. 미국의 통화·금융 권력이 여전히 유지되고 있었던 것이다.

그러나 주식 시장의 붕괴로 새로운 금융 시장이 필요해졌다. 2000년대의 금융 세계화는 부동산 시장의 파생 상품을 중심으로 전개됐다. 기업이나 금융 기관이 보유하고 있는 채권이나 부동산 등의 자산을 증권으로 전환하고 금융 시장에서 거래하는 것을 의미하는 신용의 증권화는 기존의 주식 버블과 다른 방식으로 금융 세계화의 확대에 기여했다. 부동산 담보부 증권MBS, 자산 담보부 증권ABS, 부채 담보부 증권CDO, 모기지 담보부 증권CMO, 그리고 이를 담보로 발행되는 자산 담보부 기업 어음ABCP 같은 파생 상품이 금융 시장 팽창을 주도했다. 또 투자 은행이나, 모기지 회사, 헤지 펀드와 화폐 시장 기금MMF 같은 새로운 행위자들, 그리고 신용 부도 스와프 CDS 같은 신종 파생 상품도 중요한 역할을 했다.[13]

연준과 재무부의 정책은 이런 변화를 촉진했다. 연준은 1980년대부터 상업 은행의 증권업을 부분적으로 허용했고, 1999년 금융 서비스 현대화법Gramm-Leach-Bliley Act은 상업 은행의 증권업을 전면 허용했다. 그 결과 은행과 그 자회사를 중심으로 금융 세계화가 폭발적으로 확대됐다. 또 2000년의 상품 선물 현대화법Commodity Futures Modernization Act은 파생 상품에 관한 규제를 예외 조항으로 인정해 규제에서 제외했다. 연준과 재무부는 외부 자본 유입의 확대에 기초한 금융 완화 정책을 지속했다. 이를 통해 부동 자산의 유동화, 신용의 증권화라는 새로운 양상으로 나타난 금융 세계화가 지속적으로 확대될 수 있었다.

부동산으로 막대한 자금이 유입되고 주택 담보 대출이 팽창하면서 부동산 금융을 중심으로 버블이 형성되기 시작했다. 그러나 가계 부채 증가가 비우량 모기지의 증가를 통해서 이뤄진 탓에 이를 기반으로 한 파생 상품이 사실상 건전 자산이 아니라는 문제가 있었다. 또 부동산 시장을 중심으로 한 파생 상품의 확대는 주택 가격이 계속 상승한다는 비합리적 기대에 기반하고 있었다. 2000년대 초중반의 부동산 버블과 금융 혁신은 신경제 버블보다 훨씬 더 심각한 위험을 내포하고 있었다.

금융 위기는 이런 한계가 폭발한 사건이었다. 금융 위기는 단순히 부동산 금융의 위기로 끝나지 않고 금융 체계 전반의 위기로 심화됐다. 주택 가격의 하락으로 촉발된 위기는 신용의 증권화 메커니즘 속에서 파생 상품 시장 전체로 확산됐다. 파생 상품 시장에는 외국 자본이 대거 유입되어 있었다. 미국 국채나 기관 부동산 담보부 증권은 물론, 민간 금융기관이 발행하는 각종 파생 상품이 미국의 이중 적자를 상쇄하는 달러 환류의 대상이었다. 금융 위기는 전 세계로 확산될 수밖에 없었다.

그러나 금융 위기에도 불구하고 달러의 우위는 유지됐다. 미국은 양적 완화 정책과 적자 재정 정책을 통해서 위기에 대응했다. 달러 위기를 방지하기 외국 정부의 미국 국채 구매

량도 증가했다. 이와 같은 국제적 공조를 통해 외부로부터 자본이 유입되는 메커니즘도 지속될 수 있었다.

여기서 가장 중요한 역할을 한 것이 동아시아 국가들, 특히 중국과 일본이었다. 미국이 동아시아로부터 상품을 수입하고 그 대가로 달러를 지불하면, 동아시아 국가들이 그 달러를 다시 미국의 금융 시장에 투자하는 수출 달러 환류가 미국의 통화·금융 권력이 유지되는 핵심 메커니즘이 됐다. GDP의 100퍼센트를 상회하는 연방 정부 부채 중 35~40퍼센트가 외국 정부에 대한 부채인데, 이 가운데 중국과 일본에 대한 부채가 각각 20퍼센트 수준으로 가장 크다. 금융 세계화를 유지하기 위한 자본 수입에서 외국 정부의 미국 국채 보유, 특히 동아시아 국가들의 수출 달러 환류가 가장 중요한 역할을 하고 있는 것이다.

미국의 이중 적자를 상쇄하는 동아시아 국가들의 흑자와 자본 수출은 통화·금융에서 미국이 갖는 우위를 반증한다. 1997~1998년 외환 위기 이후 동아시아 국가들의 외환 보유고가 급증했다. 이처럼 동아시아 국가들의 미국 국채 보유는 기축통화 부족이 초래할 수 있는 위험에 대비하기 위한 자기보험 성격이 강하다. 그런데 과도한 외환 보유는 거시 경제적 자율성의 제약, 국내 수요 침체, 수익성 있는 투자 기회의 상실 등 각종 비용을 유발한다. 나아가 한 국가가 보유한 자산의 가치가 기축통화 발행국의 통화 가치에 의해서 결정된다는 점에서 매우 비대칭적인 권력 관계를 내포하는 것이기도 하다.[14]

채권국인 동아시아 국가들은 달러 트랩dollar trap에 빠져 채무국의 통화인 달러 가치 유지를 바라게 된다. 미국 국채 보유국들이 달러 가치 유지에 강한 유인을 가지면서, 미국의 통화·금융 권력은 이중 적자의 누적에도 불구하고 유지·강화된다. 이 메커니즘 속에서 미국은 금융 위기 이후에도 재정 지출을 확대할 수 있었고, 달러의 안정성에 관한 어떠한 구속력 있는 공약도 하지 않는 과도한 특권exorbitant privilege[15]을 누릴 수 있었다.

또 기축통화 발행국 미국은 해외의 상품과 용역, 자산에 상대적으로 쉽게 접근할 수 있다. 수출 의존도가 높은 동아시아 국가들이 미국 시장에 의존할 수밖에 없는 구조인 것이다. 이로 인해 동아시아 국가들이 미국에 상품과 자본을 모두 수출하는 특이한 현상이 나타나고 있다. 미국이 최종 대부자에서 최종 대출자borrower of last resort이자 최종 소비자comsumer of last resort가 된 것이다. 이런 측면에서 미국은 글로벌 불균형의 가장 큰 수혜자다.

그러나 자본 수입에 기초한 금융 세계화의 확대에는 한계가 있을 수밖에 없다. 적자의 누적으로 인해서 달러가 유출되면 유출된 달러를 다시 끌어들이기 위해 미국 금융 시장이 지속적으로 확대돼야 한다. 주식 시장에 이어 부동산 금융과 파생 상품 시장도 붕괴했기 때문에 앞으로 금융 시장이 더 확대될 수 있을지는 분명하지 않다. 또 과도한 대외 부채가 누적된 상황에서 잉여 달러 환류 메커니즘이 교란되어 미국이 달러에 대한 통제력을 상실할 경우 미국의 통화·금융 권력, 나아가 헤게모니 국가로서의 지위까지 위협받을 수 있다.[16]

중국을 비롯한 동아시아 국가들은 달러와 미국 소비 시장에 의존하고, 미국은 중국의 수출 달러 환류에 의존하고 있다. 이와 같은 상호 의존성을 금융 공포의 균형balance of financial terror이라 말할 수 있다. 글로벌 불균형 구조가 미국에게는 달러 표시 자산 투매의 공포, 그리고 채권국에게는 미국의 방만한 거시 경제 정책으로 인한 보유 자산 가치 폭락의 공포인 것이다. 특히 미국에 대한 가장 중요한 투자자가 동아시아 각국 정부이며, 미국에 대한 외국의 투자가 주로 국채에 집중되어 있다는 사실은 미국의 대외 부채가 단순히 경제적 문제가 아니라 지정학적 문제임을 함의한다. 금융 위기에 대한 미국의 대응과 금융 위기 이후 미국의 세계 전략 전환이 중요한 것은 바로 이 때문이다.

손실의 세계화와 글로벌 불균형의 조정

금융 위기를 단순히 헤게모니의 쇠퇴와 위기로 규정할 수 없는 것은 바로 통화·금융 권력을 활용한 미국의 대응 때문이다. 미국은 통화·금융 권력에 기반한 우월한 위기관리 역량을 과시했다. 달러 위기만 발생하지 않는다면 다른 지역의 자본을 흡수하면서 위기를 해결하는 데 필요한 경제적 부담을 외부로 전가할 수 있는 구조적 능력을 가지고 있음을 증명했다.

금융 위기 직후 미국의 대응은 연준의 양적 완화 정책, 재무부의 구제 금융 및 재정적 자극 조치로 요약할 수 있다.[17] 연준은 악성 부채를 직접 구매하고, 금융 기관에 대한 신규 대출을 확대했으며, 주택 시장 부양을 위한 자금을 투입했다. 2008~2009년에 1조 달러의 통화가 신규로 발행돼 GDP에 대한 본원 통화monetary base[18] 비중이 6퍼센트에서 15퍼센트로 2.5배 증가했다. 2010년 하반기에 그 비중은 매우 이례적인 수준인 20퍼센트까지 증가했다.

재무부는 2008년 하반기부터 경제 부양법Economic Stimulus Act과 긴급 경제 안정화법Emergency Economic Stabilization Act에 따라 1조 달러에 가까운 자금을 투입했다. 또 2조 달러 규모의 금융 안정화 계획Financial Stability Plan과 미국 재건 재투자법American Recovery and Reinvestment Act을 발표했고, 2750억 달러 규모의 주택 소유자 구매력 안정화 계획Home Affordability and Stability Plan도 시행했다. 2011년부터는 미국 일자리 법안American Jobs Act에 따라 4000억 달러 규모의 감세와 재정 지출을 시행했다.

연준의 양적 완화 정책과 재무부 적자 재정 정책은 미국이 통화·금융 권력을 활용해 위기에 대응하고 있음을 보여줬다. 적자 재정으로 인해 발생하는 국채를 화폐의 신규 발행으로 충당하면서 국채의 화폐화monetize 현상이 나타났다. 이 과정에서 금융 기관의 손실이 인플레이션 조세를 통해 사회화되고 일반인들에게 전가된다. 달러는 기축통화이기 때문에 이러한 손실의 사회화는 사실상 손실의 세계화다. 미국 금융 기관의 손실을 세계가 공동 부담하고, 미국은 통상적으로 금융 위기에 수반되는 긴축 조치나 구조 조정을 시행하지 않고 위기를 수습할 수 있었다.

하지만 재정 적자와 대외 부채 규모가 지나치게 증가했기 때문에 미국이 앞으로도 과거와 같은 대응책을 구사할 가능성은 크지 않다. 금융 세계화의 확대가 한계에 직면해 있고, 미국은 물론 전 세계적으로도 대안적인 성장 전망은 불투명한 상황이기 때문이다. 따라서 미국 세계 전략의 핵심은 글로벌 불균형을 관리 가능한 수준에서 조정해 달러 발권력을 유지하고, 금융 세계화를 지속하는 것일 수밖에 없다.

금융 위기 직후 미국이 글로벌 불균형의 해결을 국가 안보와 직결되는 최우선 과제로 제시한 것은 이러한 맥락에서 설명할 수 있다. 2010년 《국가 안보 전략National Security Strategy》은 경제적 균형의 회복을 미국 대외 전략의 최우선 과제로 설

정했고, 이를 국가 안보라는 차원에서 정당화했다. 또 2012
년의 국방 수권법National Defense Authorization Act에는 중국이 보유
한 미국 국채가 국가 안보에 미치는 위협에 대한 평가를 의무
화하는 조항이 추가됐다.

세계화의 지속이 불균형 조정 전략의 전제 조건이라는
점에서 미국은 세계화를 지속하는 동시에 글로벌 불균형을
해소해야 한다는 이중적 과제를 강조할 수밖에 없었다. 자유
무역과 세계화를 역전시키는 정책은 경쟁적 보호주의를 촉발
시킬 위험이 있었다. 통화·금융 권력을 기반으로 개방적 국제
정치경제 질서하의 자본 수입에 의존하는 미국 경제의 특성
을 감안하면 대안이 될 수 없었다.

문제는 조정의 방법과 비용이다. 글로벌 불균형의 조정
은 주요국 사이의 정책 조정 없이 자동적으로 보장되는 것이
아니다. 조정 비용을 둘러싸고 갈등이 분출될 수밖에 없다. 미
국이 선택한 글로벌 불균형 조정 전략은 통화·금융 권력을 활
용해 조정 비용을 전가하는 것이다. 이런 전략은 글로벌 불균
형과 금융 위기의 원인이 흑자국들의 인위적인 평가 절하와
이를 통한 경상 수지 흑자에 있으며, 여기에서 가장 큰 책임이
중국에 있다는 '세계적 저축 과잉론'과 '중국 책임론'에 입각
하고 있다. 이 주장에 따르면 중국을 비롯한 흑자국들은 글로
벌 불균형의 원인을 제공했을 뿐만 아니라 이로부터 경제 성장

이라는 편익을 취했다. 따라서 조정 비용 역시 흑자국들이 감당해야 한다. 미국은 이런 인식에 입각해서 위안화 평가 절상과 중국의 금융 개방, 내수 진작을 지속적으로 요구하고 있다.

미국의 글로벌 불균형 조정 전략은 적자국이 불균형의 해소를 위해서 통상적으로 취하는 긴축 정책이 아니라 통화·금융 권력을 활용해서 조정 비용을 흑자국에 전가하는 전략이다. 전 세계의 달러 유동성에 대한 통제권을 상실하지 않은 상황에서 달러 과잉의 책임을 다른 국가에게 전가하려는 이런 주장은 논란의 여지가 있다. 특히 통화 완화 정책과 신용 팽창, 금융 혁신을 통한 금융 세계화의 심화는 통화·금융 권력을 활용해서 헤게모니의 쇠퇴를 역전시키려는 미국의 전략적 선택에 따른 결과였다. 글로벌 불균형 확대의 책임은 동아시아 국가들의 중상주의와 저축 과잉이 아니라 미국의 통화 과잉과 소비 과잉에 있는 것이다.

또 기축통화 발행국의 무역 불균형이 문제가 될 때, 환율 변동의 무역 불균형 조정 효과는 분명하지 않다. 미국이 달러 평가 절하로 인해서 부분적으로 구매력의 하락을 감수해야 하는 것은 사실이지만, 달러 발권력을 통해서 이를 충분히 상쇄할 수 있기 때문이다. 미국의 국내 경제 조정이 동반되지 않은 환율 조정은 흑자국의 경기 침체만을 유발할 가능성이 높다. 달러화의 평가 절하는 중국을 비롯한 흑자국이 보유하고 있는 달러 표시 자산의 가격 하락과 미국 대외 부채액의 감소를 의미한다. 이는 흑자국들에게 막대한 비용을 유발하는 반면, 미국에는 상당한 이익을 가져다주는 조정 방법이다. 실제로 2007년 초의 평가 절하로 미국은 약 4500억 달러의 이익을 얻은 것으로 추산된다.

1980~1990년대 이후 미국 헤게모니가 변화해 온 과정을 고려했을 때 통화·금융 권력에 기반해 글로벌 불균형의 조정 비용을 전가하려는 미국의 전략은 불가피한 선택지인 동시에, 미국 헤게모니의 미래에 있어 매우 중요한 의미를 갖는다. 미국 경제의 경쟁력을 강화시키고 헤게모니를 쇄신할 수 있는 뚜렷한 대안이 없는 상황이기 때문이다. 미국의 현실적인 선택지는 금융 및 자본 시장 개방을 확대해 달러 발권력을 유지하면서, 환율 조정이나 서비스 수출 확대, 지적 재산권·상표권·저작권의 강화를 통해 불균형을 부분적으로 개선하는 방안일 수밖에 없다.

미국의 이런 전략에는 불균형의 조정 비용을 분담 혹은 전가하면서 달러의 지위와 헤게모니를 유지하려 했던 역사적 선례가 깔려 있다. 과거와 다른 점은 글로벌 불균형의 규모가 전례 없이 크고, 미국의 금융 위기로 인해서 달러 발권력에 기초한 금융 세계화의 한계가 가시적으로 드러났다는 사실이다. 불균형의 크기, 금융 세계화의 한계, 미국 경제의 불투명한 성장 전망을 고려했을 때 글로벌 불균형의 조정과 통화·금융 권력의 유지는 미국에게 중대한 과제다. 미국이 기축통화 발권력을 활용해 위기에 적극적으로 대응하고, 글로벌 불균형 조정을 통한 통화·금융 권력을 유지하고, 이를 위한 군사·안보적 환경의 구축을 대외 전략의 최우선 순위로 설정한 이유다.

또 하나 중요한 것은 글로벌 불균형의 가장 중요한 당사자인 중국이라는 존재가 가지는 의미다. 과거의 불균형 조정 파트너들은 대부분 미국과 군사·안보적 동맹으로 결합되어 있거나 사실상 미국에 종속되어 있었다. 그러나 중국은 안보 측면에서 미국에 의존하거나, 미국과 동맹 관계를 맺고 있지 않다. 이런 차이는 글로벌 불균형의 조정 과정에서 발생할 수 있는 갈등이 더 큰 분쟁으로 비화될 위험이 있음을 의미한다. 금융 위기 이후 미국의 아시아-태평양 전략이 갖는 의미나 미·중 관계의 동학은 바로 이런 맥락에서 제대로 이해할 수 있다.

동아시아로의 귀환

힐러리 클린턴Hillary Clinton 전 국무장관은 2009년 첫 순방지로 아시아를 택했다. 이런 이례적인 선택은 세계 전략의 중심축을 동아시아로 이동하겠다는 강력한 의지의 표현이었다. 미국의 세계 전략에서 동아시아가 차지하는 중요성은 국무부가 커트 캠벨Kurt Campbell, 제임스 스타인버그James Steinberg 같은 아시아주의자를 기용한 데서도 드러났다. 오바마 대통령은 2009년 11월 일본에서 새로운 아시아 정책 구상을 발표했다. 클린턴 장관은 2010년 1월 하와이대학 연설에서 미국의 세계 전략의 최우선 순위가 아시아-태평양 지역이며, 미국의 미래가 아시아에서 결정될 것이라고 강조했다.

금융 위기 이후 오바마 행정부는 아시아-태평양을 최우선시하는 대외 전략의 필요성을 역설했다. 부시 행정부는 대테러 전쟁을 대외 전략의 우선 목표로 설정했고, 이로 인해 중국의 부상에 적절히 대응하지 못했다. 동아시아 지역 다자 제도에 상대적으로 무관심했고, 동아시아에 대한 관여는 최소화됐다. 반면 중동 지역에서는 변환 외교로 대표되는 강력한 개입 전략을 추구했다. 이 과정에서 경제적 실익이 없는 중동 자유 무역 지대Middle East Free Trade Area를 추진해 국내외로부터 비판을 받았다.

오바마 행정부는 중동 지역에 무리하게 집중시킨 군사

력을 재조정하기 위한 출구 전략을 제시했다. 태평양 국가로서 지도력을 확보하겠다는 미국의 강력한 의지는 동아시아에서 모든 외교적 자원을 동원하는 전진 배치 외교로 집약되어 나타났다. 우선 일본, 호주, 한국 등 주요 동맹국과의 관계를 강화했다. 또 아세안ASEAN 상주 대사를 임명하고, 아세안 정상들과 매년 정례 회담을 갖기로 했다. 동남아 우호 협력 조약TAC, 아세안 지역 안보 포럼ARF과 동아시아 정상 회의EAS 같은 다자 제도에도 적극 참여해 중국 주도의 ASEAN+3(한·중·일)라는 틀을 견제하고자 했다.

경제 전략의 핵심은 TPP였다. 미국은 TPP를 ASEAN+3에 기반한 동아시아 자유 무역 지대EAFTA, 그리고 ASEAN+6에 기반한 동아시아 포괄적 경제 파트너십CEPEA, 지역 포괄적 경제 파트너십RCEP 등 동아시아 국가 주도의 경제 통합 모델에 대한 대안으로 제시하고자 했다.[19] 나아가 TPP를 매개로 아시아-태평양 경제 협력체APEC를 아시아-태평양 자유 무역 지대FTAAP로 발전시키고자 했다.

TPP의 전략적 중요성이 커진 것은 글로벌 불균형의 조정이 미국의 최우선 과제로 부상한 현실과 무관하지 않았다. 글로벌 불균형 조정을 위해 동아시아와의 관계가 중요해졌고, 미국 경제의 연착륙과 향후 성장세의 회복을 위해서도 지역 경제 질서를 미국이 주도하는 새로운 기준과 규범으로 통합해야 했다. 2010년《국가 안보 전략》을 통해 경제적 불균형의 재발을 막기 위한 국제적인 노력을 주도할 것을 규정한 것이나, 이에 따라 국가 수출 구상NEI을 발표한 것도 같은 맥락에서 파악할 수 있다.[20]

동아시아를 최우선시하는 미국의 대외 전략 전환은 2011년에 아시아-태평양으로의 회귀pivot·재균형rebalancing 전략으로 공식화됐다. 클린턴 전 국무장관은 미국 외교 안보 전문 매체《포린 폴리시Foreign Policy》에 기고한 〈미국의 태평양 세기 America's Pacific Century〉라는 글에서 아시아-태평양으로의 회귀를 주장했다. 여기에서 그는 미국을 "태평양의 강대국Pacific power"으로 규정하면서 아시아에 대한 관여가 미국의 핵심 과제이며, 미국의 경제와 안보에 사활적인 중요성을 가진다고 주장했다. "미국 최초의 태평양 대통령America's first Pacific president"을 자임한 오바마 전 대통령도 2011년 호주 의회 연설에서 아시아-태평양을 미국 대외 전략의 최우선 순위로 삼을 것이라고 강조하면서 미국이 아시아-태평양으로 귀환했고, 또 계속 머무를 것이라고 선언했다.

아시아-태평양 재균형 전략

재균형 전략은 경제, 군사·안보, 외교 등 대외 전략의 전 영역에서 광범위하고 실제적인 변화를 수반했다.[21] 가시적인 변화는 군사 전략에서 가장 먼저 나타났다. 이는 작전 개념, 그리고 장비 및 병력의 배치라는 측면에서 분석할 수 있다. 군사 전략 전환의 가장 중요한 목적은 중국의 군사적 부상을 견제하고 미국 헤게모니의 유지에서 가장 중요한 지역인 동아시아에서 지정학적 우위를 확보하는 것이었다.

우선, 중국과의 군사적 갈등을 고려한 새로운 작전 개념이 확립됐다. 미국은 중국의 해양 전략을 미국의 제해권에 도전하는 반접근/지역 거부Anti-Access/Area Denial·A2/AD 전략으로 규정했다. A2/AD는 제해권을 직접 장악하는 해상 통제 전략과 구별되는 해상 거부 전략으로, 인도양과 남중국해에서 항행의 자유를 위협하는 중국에 대한 강력한 대응 의지를 표현한 것이다. 2012년 발표된 국방부 보고서《미국 리더십의 유지: 21세기 국방의 우선순위》에서는 서태평양에서 중국의 군사적 위협에 대응하기 위해서 작전의 우선순위가 육군 중심의 공지전AirLand Battle에서 해공군 중심의 공해전Air-Sea Battle으로 전환됐다.[22] 새로운 작전 개념은 2014년의《4개년 국방 계획 검토》와 2015년의《아시아-태평양 해양 안보 전략》에서 더 체계적으로 제시됐다. 여기에서도 해공군 중심의 전력 운용, 신속하고 유연한 작전 수행, 군 조직의 경량화와 같이 과거와는 다른 새로운 작전 개념이 나타났다.

한편, 리언 패네타Leon Panetta 국방장관은 국방 예산 삭감에도 불구하고, 아시아-태평양 지역의 장비와 병력은 오히려 증강시킨다는 계획을 발표했다. 또 태평양과 대서양의 해공군 전력 비중을 5:5에서 6:4로 조정하겠다는 계획도 제시했다. 이에 따라 전력 투사 능력을 배가할 수 있는 최신 장비가 아시아-태평양 지역에 집중적으로 투입되기 시작했다. 2015년부터는 동남아의 미군 전력을 동북아 수준으로 강화하려는 동남아 해양 안보 구상Southeast Asia Maritime Security Initiative을 추진했다. 그 핵심은 괌을 새로운 전략 허브로 발전시켜 서태평양에 대한 지배력을 강화하고 중국의 군사력을 견제하는 것이었다.

미국은 지역 국가들과의 군사적 협력도 강화했다. 2014년 필리핀과 방위 협력 확대 협정Enhanced Defense Cooperation Agreement을 체결해 수빅Subic만의 군사 기지를 다시 사용할 수 있게 됐고, 이를 통해 남중국해의 전력을 강화했다. 베트남과는 방위 협력 조약에 서명하고, 공동 훈련을 실시했으며, 인도네시아와는 포괄적 파트너십US-Indonesian Comprehensive Partnership을 통해 군사 교류를 강화했다. 호주, 일본, 한국 등 전통적인 동맹 관계 강화와 동남아 국가들과의 군사 협력 확대 또한 남중국해에서 중국을 강하게 압박하겠다는 미국의 의지를 반영하고 있었다.

오바마 2기 행정부가 출범한 2013년 이후 재균형 전략의 중심축은 경제 전략으로 이동하기 시작했다. 백악관 국가 안보 보좌관 토마스 도닐런Thomas Donilon은 재균형 전략의 목적이 경제적 번영이라고 강조했고, 국방장관 척 헤이글Chuck Hagel 역시 재균형 전략이 군사 전략이 아니라는 점을 강조하기 시작했다. TPP의 성공이 항공 모함의 추가 배치보다 훨씬 더 중요하다는 국방장관 애쉬턴 카터Ashton Carter의 2015년 발언도 재균형 전략의 중심이 경제 전략으로 이동했음을 보여 줬다.[23]

금융 위기 이후 경제 전략의 핵심은 TPP였다. TPP는 2006년 싱가포르, 뉴질랜드, 칠레, 브루나이가 합의한 자유 무역 협정인 환태평양 전략적 경제 동반자 협정TPSEP으로 소급한다. 2008년 TPSEP에 다섯 번째 협상국으로 참여한 미국은 기존 회원국 4개국(P4)에 미국, 호주, 페루, 베트남이 추가된 TPP(P8)를 제안했다. 최초 4개국의 협상은 경제적으로 큰 의미를 갖지 못했지만, 미국이 참여하고 이를 FTAAP로 확대하겠다는 의지를 밝힘으로써 TPP가 주목받기 시작했다.

재균형 전략의 초기 국면에서는 경제 전략의 변화가 상대적으로 주목받지 못했고, TPP 협상도 더디게 진행됐다. 또 미국 의회가 행정부의 무역 촉진권Trade Promotion Authority 승인에 미온적인 태도를 보이기도 했다. 그러나 오바마 행정부가 자유 무역을 공세적으로 추진하면서 TPP도 급진전됐다. 이에 따라 참여국의 수도 계속해서 늘어났고, 협정이 포괄하는 경제 규모도 더 커졌다. 2010년에는 말레이시아가 협상에 참여하기 시작했고(P9), 2012년에는 캐나다와 멕시코가 협상에 참여해 참여 국가는 11개국(P11)으로 확대되었으며, 2013년에는 일본이 공식적으로 참여했다. 이후 2년여의 협상을 거쳐 12개국(P12)이 TPP 협상에 합의했다.

2015년 타결된 TPP는 통상적 무역 협정의 범위를 넘어섰다. 외국인 투자 차별 철폐, 투자자-국가 분쟁 중재 등을 포함하고 있는 투자 관련 조항, 국영 기업 관련 조항 등은 WTO의 기준을 초과하는 소위 WTO+의 높은 기준을 지향했다. 여기에서 핵심은 해외 자본의 활동에 대한 제약을 철폐하고 금융 세계화를 더 확대하는 것이었다.

또 하나의 특징은 무역 협정 중에서는 최초로 환율과 관련된 조항을 포함했다는 점이다. TPP 협정문에 포함된 환율 관련 조항은 환율 조작에 관한 제재, 외환 보유의 투명성 확보, 거시 경제 정책 및 국제 수지 불균형에 관한 정기적 협의 등을 규정하고 있다. 통상적으로 무역 정책에서는 환율 문제를 직접적으로 다루지 않는다. 무역 자유화를 위한 수단으로는 보조금이나 관세 축소 등이 활용되는 것이 일반적이다. 미국은 이중 적자 규모가 급증하기 시작한 2000년대 초반 이후 지속적으로 위안화 평가 절상을 요구해 왔고, 금융 위기 이후에는 세계적 저축 과잉론과 중국 책임론에 입각해서 중국과 신흥국에 대한 압력을 강화했다. 그 결과, TPP에도 환율 관련 조항이 포함되기에 이르렀다. 미국의 이런 시도는 환율 조정을 통한 글로벌 불균형 조정 비용의 전가라는 목표의 전략적 중요성을 시사하고 있다.

TPP에서 나타난 공세적 무역 정책은 상품 수출의 확대를 통해서 무역 불균형을 해소하는 통상적인 전략과는 차이가 있었다. 금융 위기 직후의 NEI나 TPP의 핵심은 서비스 시장의 개방, 지적 재산권 관련 조항의 강화, 환율 조정, 금융 개방과 투자 자유화, 국영 기업 독점의 철폐 같은 요구다. 이는 글로벌 불균형의 조정, 그리고 미국의 통화·금융 권력 유지와 밀접하게 연관되어 있다.

TPP는 아시아-태평양에서 새로운 경제 규범을 확립한다는 측면에서도 중요하다. 세계무역기구WTO의 다자주의가 원활하게 작동하지 않는 상황에서 미국은 TPP를 통해서 WTO의 틀을 우회하는 동시에, WTO 같은 다자주의적 틀을 활성화하는 부가적 효과도 기대했다. 이런 점에서 TPP는 무역과 투자를 자유화하는 과정에서 미국이 활용한 소다자주의mini-lateralism 전략, 경쟁적 자유화competitive liberalization의 일부이기도 했다.

양자주의나 소다자주의는 1980~1990년대 이후 미국의 공세적인 경제 전략에서 다자주의를 보완하는 틀로 종종 활용됐다. WTO의 다자주의가 원활하게 작동하지 않으면서 미국 무역 정책의 핵심적인 수단으로 부상했고, 2000년대 초반에 특혜 무역 협정PTA을 통해 다자주의를 대체하는 이른바 경쟁적 자유화 전략으로 공식화되었다. 경쟁적 자유화 전략은 미국 시장을 둘러싼 경쟁을 유발해서 미국의 이익에 부합하는 방향으로 상대국들의 시장 개방을 강제하고, 주요 수출국들이 미국의 경기 부양과 수요 팽창을 뒷받침하도록 하겠다는 의도를 내포하고 있었다.

TPP는 지정학적으로도 매우 중요하다. 중국이 동아시아 지역의 국가들과 적극적으로 양자 간 무역 협정을 체결하고, 나아가 ASEAN+3나 ASEAN+6처럼 미국을 배제한 틀에 기초해서 지역 질서 건설을 시도하고 있는 상황이기 때문이다. 동아시아 국가들이 TPP를 미국이 지역에 적극 관여하겠다는 의지로 해석하는 상황에서, TPP의 실패는 미국 리더십의 후퇴로 인식될 수 있다.

그러나 TPP는 서비스 부문 및 금융·투자의 개방, 환율 등 갈등 쟁점을 다수 포함하고 있기에 TPP의 틀에서 미국이 현실적인 성과를 남기기 어려울 수도 있다는 우려도 지속적으로 제기됐다. TPP를 통해서 미국이 달성하고자 하는 목표가 매우 중요한 것은 사실이지만 현실적으로 중국을 TPP의 틀로 끌어들이기 힘들다면 TPP의 틀을 고집하기보다는 더 유연하고 현실적인 틀을 통해서 대안을 모색해야 한다는 주장도 확산됐다.

중국이라는 변수

재균형 전략은 단기적인 외교 정책이나 지역 전략의 문제가
아니라 미국의 세계 전략의 핵심 요소다. 재균형 전략은 금융
위기 이후 미국 세계 전략의 핵심적 고려인 글로벌 불균형의
조정과 그 비용의 전가, 그리고 이를 위한 안정적인 환경 구
축을 목표로 했다. 이와 같은 전략적 목표에서 동아시아 지역
이 차지하는 중요성을 고려하면 미국이 강력한 동아시아 전
략을 포기하기는 쉽지 않을 것으로 보인다. 따라서 향후 지역
정세 변화에 따라 지역의 긴장이 증폭될 위험도 없지 않다.

　　2011년 이후 재균형 전략은 순조롭게 진행되어 왔으며,
실질적인 변화가 수반됐다는 평가가 일반적이다. 오바마 2기
행정부 출범 이후 국무장관인 존 케리John Kerry의 성향을 근거
로 미국 대외 전략의 초점이 중동이나 유럽으로 다시 이동할
것이라는 전망이 출현했고, 실제로 아시아 전문가들이 국무
부에서 대거 이탈하기도 했다. 그러나 케리 역시 재균형 전략
이 지속될 것이라고 강조했다. 패네타의 뒤를 이어 국방장관
이 된 헤이글과 카터, 그리고 도닐런의 뒤를 이어 국가 안보
보좌관이 된 수전 라이스Susan Rice 등 오바마 2기 행정부의 주
요 각료도 재균형 전략이 미국 대외 전략의 최우선 과제임을
강조했다. 2015년《국가 안보 전략》에도 재균형 전략의 중요
성을 강조하는 기조가 반영되어 있었다.

재균형 전략의 초기에는 예산 제약을 근거로 재균형 전략의 실현 가능성을 비판하는 논의가 확산되기도 했다. 그러나 2011년 이후 나타난 세계 전략의 변화는 전략적 우선순위에 따라서 예산 제약이 완화될 수 있으며, 미국은 이를 위한 자본을 확보할 수 있는 구조적 능력을 여전히 가지고 있음을 증명했다.[24] 또 중국과 북한을 제외한 동아시아 국가들 역시 대체로 미국의 전략 전환을 지지했다. 미국 국내적으로도 몇몇 극단적인 입장들을 논외로 한다면 재균형 전략에 대한 초당적 지지가 있는 것으로 나타났다.

재균형 전략을 중심으로 한 세계 전략 재편과 향후 세계 체계 변화에서 가장 중요한 것은 중국의 부상이라는 도전과 미·중 관계 관리다. 2000년대 이후 미국 중심의 세계 체계로 완전히 통합된 중국은 경제력과 군사력에서 세계 2위의 강대국으로 성장했고, 금융 위기 이후에는 G2의 일원으로 위기 해결을 주도했다. 특히 중국은 과거의 다른 어떤 국가들과도 비교하기 힘든 거대한 규모의 달러 자산을 보유하고 있고, 이를 바탕으로 군사적 현대화를 추진했다. 오바마 행정부는 이런 이유로 집권 초기부터 미·중 관계 관리에 공을 들였다. 오바마 행정부는 미·중 관계를 관리하기 위한 포괄적인 틀로 전략 및 경제 대화S&ED를 적극적으로 활용했다. 미국은 재무부가 주관하는 전략 경제 대화SED와 국무부가 주관하는 고위급 대화SD를 S&ED로 통합하고 그 위상을 장관급 연례 회담으로 격상시켜 미·중 관계에 과거보다 더 큰 중요성을 부여했다.

금융 위기 직후 미·중 양국은 금융 위기 대응에 대해서 원활한 합의를 도출했으며, 위안화 환율 문제, 중국 인권 문제 등 민감한 현안들은 우회하는 전략으로 협력을 강화했다. 또 미국은 중국 등 신흥국의 영향력을 강화할 수 있는 방향으로 IMF의 거버넌스 구조 개혁을 약속하는 등 중국의 요구도 전향적으로 수용했다. 중국도 IMF의 자본 확충에 참여하는 등 금융 위기 해결과 국제 경제의 안정을 위한 노력에 적극적으로 협조해 큰 틀에서는 미·중 양국의 협력 기조가 지속됐다.

그러나 중국의 금융 개방이나 위안화 평가 절상에 관해서는 갈등이 계속되고 있다. 미국은 금융 위기가 수습 국면으로 전환된 이후 중국을 더욱 강하게 압박하기 시작했으며, S&ED 경제 트랙에서 위안화 평가 절상과 중국의 금융 개방을 지속적으로 요구했다. 금융 위기 이후 미국이 글로벌 불균형의 조정을 강조하면서 공세적인 경제 전략을 천명하고 그 핵심 대상으로 동아시아 국가들을 제시하자 환율 문제를 둘러싼 미·중 갈등은 더 심화됐다.

미국의 강력한 압력에 직면한 중국은 미국 중심의 지역 체계와 세계 체계를 변화시키기 위해 위안화 국제화를 시도하고 지역 경제 통합 의제를 공세적으로 제기하고 있다. 재균형 전략이 본격화되면서 중국은 일대일로 전략을 통해서 미국을 상대화하고 지역적, 세계적 영향력을 강화하기 위한 전략을 야심 차게 추진하고 있다. 이런 점에서 글로벌 불균형의 조정과 통화·금융 권력 유지라는 미국의 전략적 목표에서 중국은 가장 중요한 고려 대상일 수밖에 없다. 미·중 관계의 동학이 미국 헤게모니의 미래, 나아가 동아시아 지역 체계와 세계 체계의 장래를 결정지을 수 있는 가장 중요한 변수인 것이다.

외환 위기와 중국의 부상

중국은 1997~1998년 동아시아 외환 위기 이후 동아시아 지역은 물론, 세계적 차원의 핵심 국가로 부상했다. 성공적인 정치경제적 발전의 모델로 여겨졌던 동아시아 전체가 위기에 직면하고 지역 질서에 균열이 생기면서 경제적·정치적 영향력을 확대한 것이다. 1970년대 후반 개혁·개방을 시작한 중국은 외환 위기 이후 대미 수출을 통해 급속하게 성장했다. 동아시아 위기 이후 중국은 동아시아 지역으로의 해외 투자 유입을 주도했고, 2001년에는 WTO에 가입하면서 세계 시장에 완전히 통합됐다. 중국은 2000년대 중반부터 대다수 지역 국가들의 제1 교역국이었다. 동아시아의 경제 성장은 상당 부분 중국 경제와 연계되어 있었고, 중국이 동아시아 지역은 물론 세계 경제에서 차지하는 중요성도 더 커졌다. 동아시아 수출 경제가 중국을 중심으로 재편되면서 중국은 세계 경제 금융의 중심 미국에 대당對當하는 세계 경제 생산의 중심으로 발전했다.

중국은 경제 성장을 토대로 군 현대화와 정치적 영향력의 확대를 도모했다. 먼저 국방 예산을 대대적으로 증액했다. 또 아시아 내륙 방위보다는 미국 견제에 적합한 새로운 무기 체계와 작전 개념을 확립하고자 했다. 군비 증가를 바탕으로 항공 모함을 추가로 건조하고 항모 전단의 전투력 강화를 위해서 최신형 이지스 구축함과 핵잠수함을 도입했다. 미국 군

사 전략의 핵심 기지인 괌을 고려해 미사일 전략도 대폭 강화
했다. 스텔스 전투기, 공중 급유기 등 최신 장비를 도입하거
나 개발했고, 전략핵 전력을 보강했다. 이를 통해 중국의 A2/
AD 능력과 전력 투사 능력은 상당한 수준에 이르게 됐다.[25]

외환 위기 직후 중국은 동남아 국가들에게 융자를 제공
해 신뢰를 얻고자 했다. 또 미·일 동맹에 직접적으로 맞서지
않고 지역 국가들과의 협력과 화평 발전을 추구한다는 신안
보관을 제시했다. 중국의 부상으로 인한 동남아 국가들의 불
안을 불식하기 위해서였다. 특히 중국은 9·11 테러 이후 미국
이 테러와의 전쟁에 집중하는 동안 생긴 공백을 적극적으로
활용했다. 아세안 지역 안보 포럼ARF, 아시아 태평양 안보 협
력 회의CSCAP, 동남아 우호 협력 조약TAC 같은 안보 관련 지역
다자주의 제도에 적극 참여했고, 남중국해 행동 선언Declaration
on the Conduct of Parties in the South China Sea을 채택해 동남아 국가들
과의 협력 기조를 강화했다. 지금도 중국은 상하이 협력 기구
SCO, 아시아 교류 신뢰 구축 회의CICA 같은 다자 제도를 통해
서 미국, 일본을 배제한 독자적인 지역 안보 협력 제도들을 발
전시키려 하고 있다.

중국은 지역 내 자유 무역 협정 확산을 주도하면서 지역
경제 통합을 둘러싼 경쟁에서도 우위를 점하고자 했다. 1990
년대 말부터 공세적으로 자유 무역 협정을 추진해 ASEAN, 호

주, 뉴질랜드, 홍콩, 마카오, 타이완, 칠레, 한국 등과 자유 무역 협정을 체결했다. 한·중·일 자유 무역 협정도 추진 중이다. 나아가 중국은 EAFTA를 더 확대한 RCEP을 TPP에 대응하는 지역 경제 통합의 틀로 제시했다.

중국의 성장은 미국 중심의 지역 체계를 변형시킬 수 있는 실제적인 도전으로 변화했다. 급속한 경제 성장에 기반한 군사적 현대화, 그리고 정치적 영향력 확대로 동아시아 지역 체계는 물론, 세계적인 차원에서도 가장 중요한 변수가 된 것이다. 미국은 동아시아 지역에서 중국의 부상을 수용했다. 중국이 경제적·정치적으로 가장 중요한 행위자임을 인정했고, 중국과의 고위급 대화와 전략 경제 대화를 제도화했다.

금융 위기 이후 중국의 부상을 둘러싼 논의는 미·중 간 헤게모니 이행과 관련된 논의로 확대됐다. 중국은 미국이 주도하는 세계 체계하에서 불가피하게 원치 않는 달러 자산을 매입, 누적해야 했다. 그 결과, 달러 가치 유지가 중국의 이익이 됐고, 미국의 구조적 우위를 재생산하는 데 기여했다. 그러나 금융 위기는 이런 구조에 균열을 발생시켰다. 장기간 고도성장을 지속하고 외환 보유고가 증가하면서 달러로부터 이탈하고자 하는 중국의 시도는 현실성을 갖게 됐다. 생산은 물론, 통화·금융에서도 중국의 우위가 곧 도래할 수 있다는 과감한 전망도 출현했다.

미·중 양국의 힘과 의도

금융 위기 이후의 미·중 관계의 핵심은 미국과 중국의 상대적 힘, 그리고 양국의 의도와 전략이다. 미국의 군사적 우위는 비교적 분명해 보인다. 중국의 국방비가 급증하고 있지만, 아직 미국에 필적할 수 있는 수준은 아니다. 군사 기술의 측면에서 양국의 격차는 훨씬 더 크며, 중국 해·공군력의 투사 범위는 여전히 동아시아 지역으로 제한되어 있다. 반면 미국은 재균형 전략 이후 아시아-태평양에서 병력과 장비를 증강했고, 트럼프 행정부도 2018년 정부 예산에서 국방비를 대폭 증가시켰다. 따라서 중국의 군사력 증강을 토대로 미·중 갈등이나 헤게모니 이행을 전망하는 것은 문제가 있으며, 현실에서도 중국의 시도가 성공할 가능성은 크지 않다.

그러나 경제적 측면에서 미국과 중국의 관계는 더 복잡한 쟁점을 제기한다. 1인당 국민 소득으로 표현되는 경제 발전의 수준이나 경제 구조에서 미국과 중국의 격차는 여전히 크다. 중국 경제는 국제 분업의 연쇄에서 가장 낮은 단계에 있으며, 외국 설비와 자본, 나아가 외국 시장에 대한 의존도가 매우 높다. 현재 중국 경제를 지탱하고 있는 비용 경쟁력은 기술 혁신이 아니라 저임금에 기초해 있으며, 경제 성장도 미국으로의 상품 수출에 의존하고 있다는 한계가 있다.

동아시아 수출 경제는 신경제 붕괴 이후 전개된 금융 세

미국과 중국의 국방비 비교[26]

순위	지출액(순위)(단위: 10억 달러)				GDP 대비 비중 (2017년)
	2006년	2010년	2014년	2017년	
미국	529(1)	698(1)	610(1)	610(1)	3.1퍼센트
중국	49.5(4)	119(2)	216(2)	228(2)	1.9퍼센트

* SIPRI(SIPRI Yearbook)

계화의 새로운 국면에 편승해서 경제 성장을 지속할 수 있었다. 중국이 대미 수출을 통해서 축적한 달러는 역설적으로 미국의 통화·금융 권력을 강화하는 데 가장 크게 기여했다. 미국 국채를 비롯해 중국이 축적한 달러 자산은 중국의 부이기도 하지만, 지속적으로 부채를 발행하고 자국 금융 시장으로 세계의 자본을 유입시킬 수 있는 미국의 능력을 반증하는 것이기 때문이다. 이처럼 경제적인 측면에서도 미국의 국력이 여전히 우위에 있고, 중국이 단기간에 미국을 대체하는 것을 목표로 하고 있다고 보기도 어렵다. 중국의 발전은 미국 주도의 세계 체계에 순응하는 과정을 통해서 이루어졌기 때문이다.

문제는 금융 위기 이후 미국의 취약성이 부각되기 시작했다는 점이다. 2000년대 중반 이후 이중 적자의 폭이 지나치게 커진 상황에서 금융 위기가 발생했다. 금융 위기 이후의 사태 전개는 미국의 우위가 갖는 불안정성을 보여 줬다. 미국은 위기에 대응하는 과정에서 중국의 협력을 구할 수밖에 없었고, 미국도 중국에 의존하고 있다는 사실이 드러났다. 특히 미국의 경제적 압력에 취약했던 일본, 서독 같은 과거의 채권국들과 달리 중국은 환율 조정을 비롯한 쟁점들에서 일정한 자율성을 유지하려 하고 있다는 점에 주목할 필요가 있다.

또 하나 중요한 것은 중국이 보유한 달러 자산의 크기다. 중국의 외환 보유고는 2006년에 1조 달러를 돌파해 일본을 앞지르고 세계 1위를 기록했고, 2009년에는 2조 달러, 2011년에는 3조 달러, 2014년에는 4조 달러에 이르러 역대 최대 규모를 기록했다. 중국의 경기 침체, 위안화 평가 절상과 달러 평가 절하, 미국의 금리 인상에 대한 시장의 기대 등으로 인해서 감소 추세로 전환되기는 했지만 2017년 이후에도 여전히 3조 달러를 소폭 하회하는 규모를 유지하고 있다. 중국의 외환 보유액 중에서 65~70퍼센트가 정도가 달러화 표시 자산일 것으로 추측된다.

미국이 기축통화 발권력을 유지하고 있는 상황에서 달러 자산 보유는 그 자체로 큰 의미를 갖지 못할 수도 있다. 그러나 중국의 외환 보유고는 미국에 대한 의존성을 의미하기도 하지만 중국의 대외적 협상력을 보여 주는 지표다. 금융 공포의 균형이라는 개념이 상징하는 것처럼 현재 미·중 경제 관계는 상당한 불안정성을 내포하고 있으며, 과도한 글로벌 불균형은 미·중 양국 모두에게 문제가 될 수 있다.

지역 경제 통합의 틀을 둘러싼 경쟁도 이런 갈등의 한 단면이다. 중국의 전략은 미국을 배제한 지역주의를 강화하고, 미국으로부터 독자성을 확보하는 것이다. 반면, 미국은 글로벌 불균형 조정 부담을 아시아-태평양이라는 틀 속에서 분담하고자 한다. 미·중 관계의 경제적 구조가 어느 정도 더 지속될 수 있을지는 명확하지 않다. 특히 미·중 관계의 핵심 쟁점인 글로벌 불균형의 조정과 지역 경제 질서의 재편은 당사자들에게 상당한 조정 비용을 유발하고, 지역적 차원에서도 긴장을 유발할 수 있는 쟁점이다.

글로벌 불균형의 조정을 둘러싼 갈등은 위안화 환율 조정 문제를 중심으로 표출됐다. 미국은 이중 적자가 급증하기 시작한 2000년대 초반부터 주요 채권국들에게 환율 조정을 요구했다. 중국에게도 위안화 평가 절상을 강력하게 압박했다. 미국의 요구는 글로벌 불균형이 채권국들의 인위적인 통화 저평가, 즉 환율 조작과 과도한 저축으로 인해 발생했다는 세계적 저축 과잉론에 기반하고 있다. 미국은 이를 근거로 글로벌 불균형의 조정 책임이 채권국들에게 있으며, 채권국 통화의 평가 절상을 통해서 글로벌 불균형이 조정되어야 한다고 주장했다. 반면 중국은 미국의 방만한 거시 경제 정책과 과소비가 위기의 원인이라고 반박했다. 또 미국이 요구하는 수준의 위안화 절상은 중국의 경제 성장과 양립할 수 없다고 일축했다.

중국의 외환 보유고가 증가하면서 미·중 갈등의 가능성도 더 커졌다. 미국은 2006년 12월부터 2008년 12월까지 총 다섯 차례의 전략 경제 대화가 진행되는 동안 양국 간 무역 불균형 해소를 위한 위안화 평가 절상, 중국의 금융 개혁 이슈를 매년 의제에 포함시켰다. 금융 위기 이후 미국이 글로벌 불균형의 조정을 위한 공세적인 경제 전략을 천명하면서 중국에 대한 압박은 더 강화됐다. 환율 문제를 둘러싼 미·중 갈등도 더 심화됐다.

오바마 행정부는 위안화 평가 절상과 중국의 금융 개방을 지속적으로 요구했다. 미국 의회 역시 환율 조작과 관련된 일련의 입법을 통해서 중국을 압박했다. 2010년 9월 하원은 공정 무역을 위한 통화 개혁법Currency Reform for Fair Trade을 통과시켰다. 무역 상대국이 환율을 조작할 경우 이를 해당 정부의 부조금으로 규정하고, 이에 대해 상계 관세를 부과할 수 있도록 한 법이었다. 2011년 10월 상원에서는 환율 감독 개혁법Currency Exchange Rate Oversight Reform Act이 통과됐다. 재무부의 환율 보고서 역시 위안화가 저평가되어 있다고 비판했다. 또 재무부는 G20을 비롯한 주요 국가들이 글로벌 불균형의 조정을 위해 노력해야 한다는 점을 강조하면서 흑자국들이 외환 시장 개입 및 과도한 외환 보유를 지양해야 한다고 주장했다.

중국은 공식적으로는 위안화 환율이 중국의 경제 발전 단계와 거시 경제적 조건에 부합한다는 입장을 견지하고 있지만 미국의 요구에 순응할 수밖에 없었다. 대부분의 외환을 달러화 표시 자산으로 보유하고 있고, 전체 수출액의 25~30퍼센트를 미국 시장이 차지하는 상황에서 미국 경제의 연착륙이 중국의 이익에도 부합했기 때문이다. 중국 인민 은행은 2005년 7월 달러에 연동되는 고정 환율 제도인 달러 페그peg제를 폐지하고 복수 통화 바스켓을 기반으로 하는 변동 환율제 채택을 발표했다. 금융 위기로 인해 사실상 고정 환율제로 복귀했던 기간(2008년 7월~2010년 5월)을 제외하면 중국은 관리 변동 환율제를 유지했다. 위안화 가치도 지속적으로 평가 절상되어 2005~2013년 사이에 변화 폭이 24퍼센트에 달했다.

그럼에도 불구하고 미국은 위안화 평가 절상의 폭과 속도에 강한 불만을 표출하고 있다. 미국이 주장하는 글로벌 불균형의 중국 책임론은 과장된 측면이 있다. 달러 발권력을 고려했을 때 위안화 환율 조정의 무역 불균형 시정 효과만으로 글로벌 불균형을 조정하기는 힘들다. 위안화 환율 조정을 요구하는 미국의 진짜 의도는 무역 적자 감축이 아니라 중국이 보유한 달러 자산, 즉 미국 대외 부채액의 가치를 하락시키고 글로벌 불균형 조정 비용을 전가하려는 것이다. 중국이 미국의 환율 조정 요구를 통화·금융 권력을 활용한 조정 비용의 전가라고 지속적으로 비판해 온 것은 바로 이 때문이다.

중국은 플라자 합의의 선례처럼 위안화 평가 절상이 중국 경제에 부정적인 영향을 미칠 수 있다고 우려하고 있다.[27] 중국의 1인당 국민 소득이나 자본 시장 개방 수준 같은 거시 경제적 조건은 플라자 합의 당시의 일본에 미달한다. 이런 상황에서 미국이 요구하는 수준의 위안화 평가 절상과 급속한 금융 개방이 이뤄질 경우, 부정적인 효과는 중국이 감당할 수 없는 수준이 될 가능성이 크다. 이런 이유로 중국은 달러 중심의 국제 통화·금융 질서하에서 발전을 도모하던 기존 전략을 수정했다. 지역 체계, 나아가 세계 체계 차원에서 영향력을 강화하고 독립성을 확대하고자 하는 시도를 본격적으로 전개하기 시작한 것이다.

중국의 반격 ; 위안화 국제화와 일대일로

중국의 이런 시도는 우선 위안화를 국제화하려는 시도로 나타났다. 금융 위기 직후인 2009년, 당시 중국 인민 은행 총재 저우샤오촨周小川은 일국의 통화인 달러에 기초한 국제 통화 체제의 불안정성을 지적하면서 IMF의 SDR이 기축통화의 역할을 담당해야 한다고 주장했다. 원자바오溫家寶 총리 또한 달러화 중심의 국제 통화·금융 체제가 다원화될 필요가 있다고 강조했다.

위안화 국제화의 궁극적인 목적은 위안화가 세계 경제에서 지불 수단, 회계 단위, 가치 저장 수단으로 기능하게 하는 것이다. 위안화 국제화를 위한 첫 단계로 중국은 무역에서 위안화 결제를 확대하고 있다. 중국은 상하이, 광저우, 선전, 주하이, 둥관 등 주요 도시에서 위안화 무역 결제를 도입했다. 이후 홍콩, 마카오, ASEAN 간의 무역에서도 위안화 결제를 시범적으로 시행했고, 이를 다른 국가들과의 무역으로 확대했다. 그 결과 위안화 무역 결제액은 2009년 36억 위안에서 2015년 10조 위안 수준으로 급격히 증가했다.

중국은 금융 시장 개혁을 위한 조치들도 시행하고 있다. 국제 투자에서 위안화 표시 자산의 비중을 확대하고, 나아가 위안화가 준비 통화로서 기능하기 위해서는 금융 개방이 필수적이기 때문이다. 홍콩, 타이페이, 싱가포르, 런던, 서울 등에는 위안화 역외 시장이 개설됐다. 2007년 홍콩에서 위안화 채권이 최초로 발행된 이후 프랑스, 스위스, 독일, 싱가포르 등에 위안화 채권 시장이 개설됐다. 그 결과 위안화 표시 자산의 거래와 보유가 확대됐다. 치앙마이 이니셔티브 다자화 CMIM 등 지역 내의 통화·금융 협력 시도나 중국이 공세적으로 추진하고 있는 양자·다자 간 통화 스와프 협정도 위안화의 국제적 역할을 확대하기 위한 것이다.[28] 2015년 현재 중국은 33개 국가와 3조 위안을 넘어서는 규모의 통화 스와프 협정을 체결하고 있다.

중국의 위안화 국제화 시도는 단기간에 유의미한 성과를 냈다. 2013년 결제 규모에서 세계 10위권 밖에 머물렀던 위안화는 2016년에 무역 융자액에서 세계 2위, 국제 결제액에서 세계 4위, 국제 은행 간 대출액에서 세계 6위를 차지하는 주요 통화로 부상했다. 또 2016년부터는 위안화가 IMF의 SDR 통화 바스켓에 포함되기 시작했다. 이는 위안화가 국제 통화 체제에서 유의미한 준비 자산으로 인정받기 시작했음을 의미했다. 또 중국은 2016년 IMF 쿼터에서 미국과 일본에 이어 3위 국가가 되었으며, 이를 바탕으로 국제 금융 제도의 거버넌스 구조 개혁도 지속적으로 요구하고 있다.[29]

일대일로 전략에서는 중국의 야심이 더 명확하게 드러났다. 2014년부터 본격적으로 추진되기 시작한 일대일로 전략은 자국 중심의 경제권을 형성하고, 정치적 영향력을 강화하려는 시도다. 2013년 시진핑 주석이 카자흐스탄과 인도네시아에서 중국-중앙아시아-서아시아-유럽을 연결하는 실크로드 경제권과 중국-남중국해-동남아-인도양-유럽을 연결하는 해상 실크로드를 제안한 것을 계기로 본격화됐다. 중국은 이를 통해 해외 투자 수요를 창출하고, 수출 시장을 다변화해 미국 의존도를 낮추려 하고 있다. 또 상하이 협력 기구,

ASEAN+1(중국), 중국-아랍 협력 포럼CASCF, 중국-아프리카 협력 포럼Forum on China-Africa Cooperation 등 다자 제도들도 적극 활용하고 있다. 2017년 5월 베이징에서 개최된 일대일로 국제 협력 정상 포럼에는 130여 개 국가가 참석했고, 2019년 현재 80여 개 국가가 일대일로 전략에 참여하고 있다.

일대일로 전략은 위안화 국제화와 관련해서도 중요한 의미를 지닌다. 특히 아시아 인프라 투자 은행AIIB은 위안화의 사용 범위를 지역적·세계적 차원에서 확대하기 위한 수단이 될 수 있다는 점에서 중요하다. AIIB는 시진핑 주석이 2014년 APEC 정상 회의에서 일대일로 전략을 재정적으로 지원하기 위한 기금을 설립하겠다고 발표하면서 본격적으로 추진되기 시작했다.

중국은 IMF나 세계은행 같은 국제 금융 기구는 물론, 아시아 개발 은행ADB 같은 지역 통화 협력체들이 미국과 유럽, 일본 등 선진국들의 이익을 우선시한다고 비판하면서 AIIB의 필요성을 역설했다. 중국은 막대한 자금력을 바탕으로 일본을 제외한 대부분의 동아시아 국가들, 그리고 다수 유럽 국가들의 참여를 이끌어 냈다. 2019년 현재 아시아 인프라 투자 은행에 참여하고 있는 국가는 예비 회원국 27개국을 포함하여 총 97개국이며, 중국은 투자 자금의 32퍼센트와 투표권의 27퍼센트를 차지하고 있다. 위안화 국제화에서 한 걸음 더 나아가, 초보적인 수준이지만 미국 중심의 국제 정치경제 질서에 대한 대안을 제시하려는 중국의 이런 시도는 신흥국들로부터 일정한 지지를 확보하고 있는 것으로 보인다.[30]

일대일로 전략은 달러와 미국 시장에 대한 의존성이 야기하는 위험으로부터 벗어나려는 중국의 강력한 의지를 보여준다. 역사적으로 대부분의 강대국들은 자국의 통화를 일정한 수준에서 국제 통화로 유통시키려 했다. 국제적으로 유통되는 통화를 발행하는 국가는 이로부터 상당한 정치적·경제적 이익과 영향력을 향유할 수 있기 때문이다. 국제 통화·금융 질서에 대한 지배력은 헤게모니 국가가 갖는 권력의 핵심이기도 했다.

한 국가의 통화가 기축통화가 되기 위해서는 기축통화 발행국이 정치적 안정과 확고한 안보를 유지해 통화의 미래 가치에 대한 신뢰를 유지할 수 있어야 한다. 또 개방적이고 발전된 금융 시장을 유지해 거래의 용이성과 자산 가치의 예측 가능성을 보장해야 한다. 마지막으로, 폭넓은 거래 네트워크를 보유해 다른 행위자들도 이 통화를 받아들일 것이라는 예상이 대다수의 행위자들 사이에 공유돼야 한다. 이런 조건을 충족시키는 통화는 가치가 부분적으로 변동되더라도 구조적인 우위를 누릴 수 있다.

중국의 경제 규모나 달러 자산 보유액은 과거 다른 국가들의 사례와 비교할 수 없을 정도로 크다. 이런 점에서 위안화 국제화 시도는 미국 중심의 국제 정치경제 질서에 대한 실질적인 도전이다. 그러나 달러를 상대화하려는 중국의 시도가 성공하기 위해서는 중국 국내 금융 제도의 개혁, 자본 통제의 철폐 등 선결돼야 할 문제가 많다. 양적인 측면에서 중국의 금융 시장이 발전해 온 것은 사실이지만, 여전히 미국에 비할 수준은 아니다. 이 때문에 중국 스스로도 위안화의 국제화는 지역 통화로서 위안화의 '잠재력'에 관한 것일 뿐 기축통화 달러를 대체하는 문제가 아님을 분명히 했다.[31]

중국은 일대일로 전략을 뒷받침할 수 있는 정치적·군사적 우위를 확보하기 위해서도 노력을 기울이고 있다. 우선 육상 실크로드에서는 상하이 협력 기구를 바탕으로 중앙아시아 국가들과의 전략적 동반자 관계를 강화했다. 해상 실크로드에서는 인도양과 남중국해에서 정치적 영향력과 군사력을 증대하는 데 집중하고 있다. 또 스리랑카, 파키스탄, 미얀마의 주요 항구들에 대한 개발 및 운영권을 확보했고, 태국과는 운하 건설에 합의했다.

나아가 중국은 인도양에서 군사적 우위를 확보하기 위해 진주 목걸이 전략String of Pearl Strategy을 추진하고 있다. 진주 목걸이 전략은 인도양에서 중국-남중국해-방글라데시-스리랑카-파키스탄-아덴만-케냐-남아프리카 공화국을 연결하는 해군 기지 네트워크를 건설한다는 계획이다. 이를 위해 중국은 해군 병력 및 장비를 대폭 증강하고 있다. 그 일환으로 인민 해방군 잠수함이 스리랑카와 파키스탄에 최초로 정박했고, 아덴만에는 최초의 해외 군사 기지가 건설됐다. 파키스탄, 오만, 세이셸 등에도 중국의 군사 기지가 건설되고 있다.

중국은 거대한 영토와 자원, 인구를 가진 국가이며, 군사·안보적으로 독립성을 추구한다. 그런 점에서 중국은 미국 중심의 국제 정치경제 질서하에서 발전을 도모한 서독이나 일본, 동아시아 신흥 공업국들과 달리 국제 관계에서 근본적인 힘의 이동을 일으킬 수 있는 중요한 변수다.

그러나 군사·안보적 측면에서도 중국의 전략적 레토릭이 그대로 실현되기는 어려워 보인다. 중국의 진주 목걸이 전략에서 사실상 핵심이 되는 지역은 남중국해다. 남중국해에서는 영유권 분쟁을 비롯한 지역 국가들의 이해관계가 첨예하게 충돌하고 있으며, 미국도 항행의 자유를 내세우면서 강력한 개입 의지를 밝히고 있는 상황이다. 남중국해는 일대일로의 출발점이라는 점에서 중요하다. 동시에 미국의 동아시아 전략의 핵심 지역이라는 측면에서 중국의 군사적 취약성이 드러나거나 미·중 간의 군사적 갈등을 고조시키는 요인이 될 위험이 있다.

금융 위기의 발생에도 불구하고 통화·금융 권력에 기반한 미국의 구조적 우위는 아직 소멸하지 않았다. 또 미국은 경제적 불안정에도 불구하고 군사력에서는 여전히 압도적인 우위를 유지하고 있다. 중국이 위안화 국제화와 일대일로 전략을 추진하고 있지만, 미·중 양국 사이의 헤게모니 이행이 단기간에 현실화될 가능성은 크지 않다.

금융 위기 이후 미국의 세계 전략 전환에서 동아시아 지역이 갖는 중요성을 고려했을 때 미국이 강력한 동아시아 전략을 포기하기는 쉽지 않을 것으로 보인다. 그러나 글로벌 불균형의 조정과 통화·금융 권력의 유지를 핵심 목적으로 하는 미국의 새로운 전략은 중국을 비롯한 지역 국가들에게 상당한 비용을 유발할 것으로 예상된다. 미국의 강력한 군사·안보적 개입은 독자적인 지역 질서를 확립하고 이를 자국의 정치·경제적 발전과 연계시키고자 하는 중국의 발전 전략과 충돌할 가능성이 높다.

미국 헤게모니와 동아시아의 형성

2차 세계 대전 이후 세계 체계의 변방에 불과했던 동아시아는 21세기의 시작과 함께 세계에서 가장 역동적인 경제 성장의 중심지이자 지정학적 요충지로 성장했다. 금융 위기 이후 동아시아 지역 경제가 안정적인 성장세를 유지하고 중국의 부상이 지속되면서 동아시아 지역의 중요성은 더 커졌다. 이런 점에서 미국과 지역의 주요 국가 사이의 상호 작용이 만들어 낼 동아시아의 미래는 단지 지역 차원의 문제가 아니라 미국 헤게모니와 세계 체계의 미래를 가늠할 수 있는 중요한 실마리다.

2007~2008년 금융 위기 이후 동아시아의 미래를 전망하기 위해서는 동아시아 지역 체계의 형성과 변화라는 역사적 관점 속에서 동아시아의 과거, 현재, 그리고 미래의 상호 작용을 조망해 볼 필요가 있다. 동아시아 지역의 형성과 변화 과정은 지역 체계의 역사에서 가장 중요한 것이 바로 헤게모니 국가 미국의 영향력임을 보여 준다. 그러나 역으로 동아시아 지역 체계의 특성도 미국의 전략과 그 전략이 실행되는 방식, 결과에 영향을 미치는 중요한 변수다. 미국이 가진 능력은 모든 지역에 동일한 방식으로 투사되지 않는다. 또 미국의 전략적 목표는 지역 체계의 특성이나 지역 국가들과의 관계를 고려해서 조정될 수 있다.

따라서 금융 위기 이후 미국의 동아시아 전략에 대한

분석을 동아시아 지역 체계의 역사적 특성에 관한 논의와 결합해야 한다. 세계적인 것the global과 지역적인 것the regional, 역외extra-region와 역내intra-region의 상호 작용에 초점을 맞춰야 하는 것이다.[32]

19세기 중반, 서구의 팽창으로 인해서 중국 중심의 동아시아 전통 지역 체계는 해체됐다. 이후 동아시아의 지역적 정체성은 지역 외부의 힘에 의해서 규정됐다. 2차 세계 대전 종전과 탈식민화 이후 현대 동아시아 지역 체계의 형성에 가장 큰 영향을 미친 것은 헤게모니 국가 미국의 세계 전략이었다. 미국은 유럽이 '극동'으로, 일본이 '대동아'로 규정한 중국, 일본, 한국, 타이완, 베트남 등을 '동아시아'로 규정했다. 그러나 군사·안보적인 측면에서 냉전의 최전선인 일본, 한반도, 타이완, 그리고 필리핀에 이르는 지역은 여전히 '극동'으로 지칭됐다.[33]

전후 동아시아 지역 체계의 핵심은 1951년 샌프란시스코 강화 회의에서 규정된 샌프란시스코 체제였다. 샌프란시스코 체제의 가장 큰 특징은 미국과 지역 국가들 사이의 안보적·경제적 비대칭성이었다. 미국은 압도적인 국력을 토대로 미국 중심의 양자 동맹을 축으로 하는 허브 앤 스포크hub-and-spokes 체제를 만들었다. 미국의 냉전 전략 속에서 동아시아는 냉전의 대립 구도를 따라 분할됐다. NATO와 같은 다자 안보 제도가 부재한 상황에서 동아시아 국가들에게는 지역 국가 사이의 수평적 관계보다는 미국과의 수직적 관계가 더 중요했다. 지역 전체를 아우르는 통합적 질서는 부재했고, 이에 따라 파편화된 형태의 분절적 지역주의가 나타날 수밖에 없었다.

그러나 미국의 냉전 전략은 역설적으로 동아시아 지역 경제 성장의 토대가 됐다. 미국은 지역 주요 동맹국들의 안보를 보장하는 동시에 막대한 원조와 차관을 제공했다. 또 초국적 자본의 동아시아 진출을 억제하고 자국 시장을 개방하는 역개방reverse open door 정책을 채택해 수출 주도 산업화를 지원했다. 특히 고도성장을 지속한 일본의 수출 주도 산업화 모델이 동아시아 지역 전체로 확산됐다. 일본이 지역의 나머지 국가들을 위계적으로 통합하는 경제 질서는 동아시아 지역 체계가 형성되고 확장되는 가장 중요한 계기였다.

1970년대 초반 미국 헤게모니의 쇠퇴 징후가 나타나고 미국의 세계 전략이 변화하면서 동아시아의 독자적인 의미는 오히려 더 확고해졌다. 가장 중요한 변화는 일본에 대한 경제적 압력의 증가였다. 미국 경제의 경쟁력이 약화되고, 중국과의 데탕트détente로 동아시아의 냉전이 완화되면서 미국은 일본의 시장 개방과 엔화 평가 절상을 강력히 요구했다. 일본은 네 마리 용이라 불리는 한국, 타이완, 홍콩, 싱가포르에 대한 투자를 통해 대응했다. 일본의 해외 직접 투자가 급증하면서 동아시아 지역 차원에서 위계적인 다층적 하청 체계가 조직됐다. 이를 바탕으로 네 마리 용은 신흥 공업국으로 발전할 수 있었다.

1980년대의 변화에서도 미국의 전략과 이에 대한 지역 국가들의 대응이 가장 중요했다. 미국이 통화·금융 권력을 활용해서 일본에 환율 조정을 요구한 1985년의 플라자 합의로 엔화가 급격히 평가 절상됐다. 이로 인해 자산 버블이 형성되고 국내 생산 비용이 급증하자 일본 자본이 동남아로 대거 투자됐다. 플라자 합의 이후 저달러, 저유가 현상 속에서 수출 호황을 누린 한국과 타이완의 자본도 대거 동남아로 진출했다. 그 결과 일본 중심의 경제 구조는 동남아까지 확대되었고, 동아시아가 동남아를 포괄하기에 이르렀다.

동아시아 지역 체계의 형성은 미국 헤게모니의 쇠퇴와 이에 대한 미국의 일방주의 대응의 과정에서 나타났다는 점에서 매우 역설적인 현상이었다. 미국의 일방주의적 세계 전략하에서 다수의 제3 세계 국가들이 발전 전망을 상실했다. 그러나 동아시아 국가들은 미국 헤게모니의 변화 과정에 편승해서 수출 주도 발전 전략을 추구함으로써 상대적으로 안정적인 성장세를 유지하고 지역 차원의 발전을 도모할 수 있었다.

지역 체계의 재편과 지역주의의 발전

동아시아 지역의 형성과 성장은 미국의 절대적인 영향력을 통해서 설명할 수 있다. 그러나 1990년대 이후 미국과 동아시아의 관계는 미국의 일방적인 영향력으로 설명될 수 없는 복합적인 상호 작용을 내포했다. 2000년대 이후에는 동아시아 지역의 국가들이 정치적·경제적 역량을 축적하면서 초보적인 수준의 지역주의가 발전하기 시작했다. 통화·금융 권력을 중심으로 재편된 미국 헤게모니와 동아시아 지역 경제의 특수한 관계가 성립되면서 미국과 동아시아는 더 긴밀하게 결합됐다.

군사·안보 측면에서는 탈냉전 이후에도 냉전기의 안보 구조와 지정학적 긴장이 잔존했고, 지역 협력은 여전히 취약했다. 미국은 지역 다자 안보 협력에 비협조적 태도를 견지하면서 자국 중심의 양자 관계, 특히 미·일 관계를 중심으로 하는 자국 중심의 양자 관계로 지역 안보 질서를 유지하려 했다. 이 때문에 지역 전체를 포괄하는 질서의 형성이나 지역 협력은 여전히 취약할 수밖에 없었다. ASEAN에서 파생된 지역 다자 안보 제도인 ARF가 1994년에 창설되어 주목을 받기도 했지만, 제도화 수준이 낮고, 실질적인 문제 해결 능력을 결여하고 있다는 한계가 명확했다.

그러나 경제적 차원에서는 동아시아 외환 위기를 계기로 지역 협력의 시도가 본격적으로 전개되기 시작했다. 동아시아 국가들의 이례적인 경제 성장은 지역 체계의 확립이라는 측면에서 매우 중요한 의미를 가지고 있었다. 그러나 동아시아의 성장은 미국 시장으로의 상품 수출과 기축통화 달러에 절대적으로 의존한다는 근본적인 한계를 가지고 있었다. 외환 위기의 발생과 그에 대한 대응 과정에서 이런 한계는 명확히 드러났다.

위기가 발생하자 미국은 지역 국가들과의 마찰 속에서도 위기의 해결을 주도했다. 미국은 일본 주도의 아시아 통화 기금AMF 같은 지역 다자 제도를 통한 해법에 거부권을 행사했다. 지역 국가들은 위기의 해결과 지역 경제의 안정을 위해서 미국에 의존할 수밖에 없었고, 미국과 IMF는 구제 금융의 조건으로 동아시아 국가들의 금융 개방 확대와 구조 개혁을 요구했다. 이런 결정의 과정에서 위기 당사국들은 물론, 지역적 지도력을 행사하고자 했던 일본 또한 철저히 배제됐다.

지역 국가들 사이에서는 미국의 정책에 대한 불만, 국제 금융 기구의 지배 구조 개혁에 대한 요구, 독자적인 동아시아 지역 질서 형성의 필요성에 대한 인식이 확산됐다. 이에 따라 ASEAN+3, EAS 같은 지역 제도들이 출현했다. 2000년 5월 ASEAN+3 재무장관 회의에서는 외환 위기 재발 방지를 위해 지역 국가들의 양자 간 통화 스와프 협정인 CMI가 체결됐다. 또 세계적인 금융 불안정성에 대응하기 위한 아시아

채권 기금Asian Bond Fund이 설립되는 등 지역 통화 협력의 초석도 마련됐다.[34]

이런 시도는 미국 중심의 국제 정치경제 질서로부터 일정한 자율성을 확보하려 했다는 점에서 중요한 의미가 있다. 그러나 제도화 수준이 여전히 낮고 실질적인 문제 해결 능력을 결여하고 있다는 한계가 있었다. CMI의 기금 중 90퍼센트는 IMF의 승인을 받아서 집행하도록 규정된 것에서 알 수 있는 것처럼 미국, 그리고 미국을 중심으로 조직된 국제기구들이 여전히 지배적인 영향력을 행사했다.

이런 한계에도 불구하고 중국이 지역 경제의 핵심으로 등장하면서 동아시아는 위기에서 신속하게 회복했다. 그리고 2000년대에는 세계 경제에서 가장 중요한 지역으로 부상했다. 동아시아 국가들은 수출 달러 환류 메커니즘 속에서 미국 헤게모니의 유지에 있어 가장 중요한 역할을 수행했다. 미국의 구조적 우위에도 불구하고 동아시아 지역 없이는 미국의 우위가 유지될 수 없을 정도로 동아시아의 위상이 성장한 것이다.

물론 그 한계는 분명하다. 2000년대 이후 동아시아 지역 경제의 성장 또한 통화·금융 권력을 중심으로 한 미국 헤게모니 변화 과정의 한 단면이기 때문이다. 금융 위기 이후에도 실효성 있는 지역적 차원의 대응은 사실상 부재했다. CMI가 다자화되어 CMIM이 출범했지만, IMF의 동의 없이 가능한 거래 규모는 전체 기금의 20퍼센트로 제한되어 있었다. 지역 국가들은 개별적으로 미국으로의 수출을 증가시키기 위해 노력하거나, 통화 스와프 등의 형태로 달러에 대한 접근권을 보장받고자 했다.

그러나 중국이 동아시아 지역주의를 주도하면서 미국의 영향력에서 벗어난 독자적인 동아시아 지역 질서의 확립이라는 문제가 현실적인 중요성을 갖게 됐다. 중국은 미국 국채 최대 보유국으로서 헤게모니 국가 미국의 핵심적인 파트너인 동시에 경쟁자다. 거대한 규모의 중국 경제가 성장을 지속하고 있다는 점, 그리고 군사·안보적으로 미국에 종속되어 있지 않은 독자적인 힘을 보유하고 있다는 점에서 중국의 부상은 지역 체계의 지정학적 구조를 근본적으로 변화시키는 요인이 될 수 있다. 중국은 미국 주도 지역 질서의 틀을 깨고 대안적인 지역 체계의 발전상을 제시하고 있다. 이로 인해 동아시아 지역 질서를 둘러싼 주요국들 사이의 전략적 경쟁 또한 심화되고 있다.

우리는 어디로 가는가

미국의 구상은 동아시아를 태평양으로 끌어내고, 아시아-태평양이라는 틀을 통해 동아시아와 태평양을 결합하는 새로운 지역을 형성하는 것이다. 미국은 금융 위기 이후 동아시아 지역에 중동·유럽보다 더 많은 군사적 자원을 투입했다. 또 아시아-태평양 경제 통합의 경로로 TPP와 FTAAP를 제시하며 아시아가 태평양의 일부임을 다시 한번 강조했다.[35]

반면, 중국은 아시아인들의 아시아Asia for Asians를 내세운다. 아시아의 독자성을 강조하며 동아시아를 지역주의의 단위로 제시하는 것이다. 시진핑 주석은 2014년 아시아인 스스로 아시아의 안보를 지켜야 함을 역설하면서 미국 주도의 지역 안보 질서를 비판하기도 했다. 그간 중국은 ASEAN+3가 동아시아 지역 협력의 기본적인 단위가 되어야 한다고 고집해 왔다. 최근에는 호주, 뉴질랜드, 인도를 포괄하는 ASEAN+6을 지역 협력의 틀로 인정하는 등 보다 유연한 태도를 취하고 있다. 그러나 중국이 제안하는 그 어떤 지역 협력 구상에도 미국은 포함되어 있지 않다.

중국의 등장과 함께 지역 국가들에게도 전략적 공간이 개방됐다. 주요국 사이의 전략적 상호 작용 또한 더 복잡한 양상으로 전개되고 있다. 그러나 갈등을 완화할 수 있는 제도와 규범이 취약한 상황에서 미국의 강력한 개입이 미·중 간의 긴장을 심화할 경우 동아시아 지역에서 불안정성이 야기될 위험이 있다. 다수의 지역 국가들이 미국 시장과 달러에 의존하고 있다는 점 또한 지역의 불안정을 심화할 수 있는 요인이다. 이런 상황에서 미국의 강력한 동아시아 전략이나 미국 경제의 경착륙이 지역 체계를 더 불안정하게 만들 가능성도 있다.

　미국 대외 정책을 주도해 온 주류 엘리트들은 미국의 전통적인 헤게모니 전략을 자유주의적인 것으로 전제하고, 트럼프 행정부의 대외 전략을 이로부터 완전히 이탈한 것으로 평가하기도 한다. 이들에 따르면, 전통적으로 미국은 국제법과 규범, 그리고 다자 제도를 존중했다. 또 자유주의적 국제 질서를 지키기 위해서 때때로 자국의 이익을 희생하기도 한 예외적인 국가였다. 트럼프 행정부가 이런 전통을 역전시키면서 미국의 대외 전략은 물론, 세계 질서 자체가 위기에 직면했다는 것이 이들의 주장이다.

　그러나 이는 미국 헤게모니의 실제 역사와는 다르다. 자국 우선주의, 공세적인 일방주의, 세계 체계의 불안정을 담보로 한 국익 추구는 미국 헤게모니의 역사에서 반복적으로 나타난 현상이었다. 1970년대의 헤게모니 위기에 대한 일방주의적 대응, 그리고 1980년대 이후 통화·금융 권력 강화를 통한 헤게모니 부활의 과정에서 미국은 자국의 이익을 위해 국제 질서의 안정성과 다른 국가의 이익을 희생시키는 약탈적이고 착취적인 행위자였다. 이는 헤게모니 안정론, 즉 헤게모니 국가가 국제 관계의 안정을 보장한다는 주장이 갖는 한계를 명확히 보여 준다.[36] 미국 헤게모니의 역사는 헤게모니의 중대한 전환점인 금융 위기 이후 동일한 양상이 반복될 수도 있으며, 특히 트럼프 행정부의 일방주의적인 대외 전략하에서 이러한 경향이 극대화될 가능성도 있음을 시사한다.

이런 논리를 따른다면 동아시아의 미래는 비관적이다. 동아시아의 지역 협력은 취약하고, 미국은 동아시아에서 일방주의적인 개입을 강화할 것이며, 미국의 군사적·경제적 능력을 견제하거나 대체할 수 있는 세력은 아직 존재하지 않는다. 그러나 미국 헤게모니의 변화 과정에서 지역 체계의 형성과 성장을 경험한 동아시아 지역 체계의 역사는 이러한 숙명론적 인식을 반박할 수 있는 좋은 사례다. 세계 체계 수준에서 작동하는 힘의 중요성에도 불구하고 그 결과는 지역에 따라 다를 수 있음을 분명히 보여 줬기 때문이다.

동아시아의 미래가 어떤 방향으로 전개될 것인지 예측하는 것은 쉽지 않다. 미국이 글로벌 불균형 조정 비용을 동아시아 국가들에게 효과적으로 전가해 통화·금융 권력을 유지한다면 미국 헤게모니는 유지될 것이다. 미국이 압도적인 군사력의 우위를 가지고 있기 때문에 미국에 대한 지정학적 도전도 나타나지 않을 것이다. 그러나 미국에 대한 지역 국가들의 불만이 누적되면서 미국 헤게모니의 토대가 상당히 취약해질 가능성이 크다.

중국의 경제 성장이 지속되고 위안화 국제화, 일대일로 전략이 성공적인 결과로 이어진다면 중국이 적어도 동아시아 지역에서만큼은 미국을 대체할 가능성도 있다. 그러나 중국이 이러한 역량을 축적하고, 지역 체계를 재편하기까지는 상당한 시간이 필요할 것으로 보인다. 미·중 헤게모니 이행이라는 힘의 정치Realpolitik의 논리가 아니라 동아시아 지역 협력을 통해 대안적인 지역 체계가 나타날 가능성도 배제할 수 없다. 그러나 동아시아 지역 체계의 역사를 고려했을 때 과연 동아시아가 어떤 대안을 제시할 수 있을지는 명확하지 않다. 분명한 것은 어떤 길을 가든 동아시아가 세계사적 변화의 핵심이며, 동아시아 국가들, 그리고 한국이 그러한 변화의 한가운데에 서 있다는 점이다.

주

1 _ 헤게모니 개념은 리더십을 지칭하는 그리스어 헤게모니아(hegemonia)에서 유래하며, 국제 관계론에서는 특정 국가가 가진 우월한 능력을 지칭하는 용어로 사용되어 왔다. 사회과학에서 헤게모니 개념이 널리 사용되는 데 기여한 그람시(Gramsci)는 헤게모니 개념을 문화적·도덕적 지도력과 이데올로기적 동의를 중심으로 정의했고, 이것이 1970년대 이후 세계 체계에 관한 분석으로 확장되었다. 헤게모니는 흔히 '패권'으로 번역되기도 하지만 그럴 경우 물리적인 지배력의 측면만 강조되면서 헤게모니의 다층적인 의미가 파악되기 어렵기 때문에 이 책에서는 헤게모니라는 용어를 그대로 사용한다.

2 _ 대통령 명의로 발간되는《국가 안보 전략》은 미국의 대외 전략을 규정하는 최상위 보고서로 군사·안보, 경제, 외교 등 대외 전략의 모든 영역을 포괄적으로 파악할 수 있는 핵심 문서이다. 이를 토대로《국방 전략(National Defense Strategy)》,《4개년 국방 계획 검토(Quadrennial Defense Review)》,《핵 태세 검토 보고서(Nuclear Posture Review)》,《4개년 외교 개발 검토 보고서(Quadrennial Diplomacy and Development Review)》같은 세부 전략 문건들이 작성된다.

3 _ 오바마 행정부의 재균형 전략에서도 인도양과 남아시아 지역은 미국의 핵심적인 전략적 고려, 즉 아시아-태평양의 내부에 포함되어 있었다. 이 때문에 패네타 전 국방장관은 인도가 재균형 전략의 중요한 부분임을 강조한 바 있으며, 클린턴 전 국무장관 또한 신실크로드 구상(New Silk Road Initiative)을 통해서 아시아-태평양의 범위를 더 확대하고자 했다. 그러나 태평양과 인도양을 연계시킬 수 있는 전략이 정교한 형태로 발전되지는 못했다. 또 인도-태평양이라는 지역 규정도 여전히 모호하다. 해상 안보의 관점에서는 인도-태평양이 연속적인 하나의 지역으로 파악될 수 있는 근거가 충분하지만, 경제적 연계라는 측면에서는 유의미한 지역으로 파악되기 어렵다는 비판이 제기될 수 있기 때문이다. 따라서 트럼프 행정부가 어느 정도로 일관성 있고 체계적인 전략을 제시할지 지켜볼 필요가 있다.

4 _ 말레이 반도와 싱가포르에서 타이완에 이르는 남중국해는 전 세계 물동량의 30~40퍼센트가 경유하는 해상 수송의 핵심 루트이며, 말라카 해협과 인도양으로 접근할 수 있는 지정학적 요충지다. 또 남중국해에는 상당한 규모의 석유와 천연가스가 매장되어 있다. 이 때문에 남중국해 영유권을 둘러싸고 중국과 인근 국가들 사이의 분쟁이 지속적으로 발생해 왔다. 중국은 남중국해를 중국의 '핵심 이익'으로 규정하고 있으며, '구단선(九段線, Nine Dash Line)'을 설정해 남중국해 전체에 대한 영유권을 주장하고 있다. 미국

은 공해에서의 항행의 자유를 내세우면서 남중국해의 분쟁에 적극적으로 개입하고 있다.

5 _ 환율 조작은 정부나 중앙은행이 환율과 무역 정책에 영향을 미치기 위해서 인위적으로 외환을 판매 혹은 구매하는 행위를 의미한다. 미국은 인위적인 평가 절하를 통해서 수출 상품의 가격 경쟁력을 확보하고 미국의 적자를 유발하는 국가들을 강하게 비판했다. 미국 재무부는 1988년의 종합 무역법(Omnibus Trade and Competitiveness Act of 1988)과 2015년의 무역 촉진법(Trade Facilitation and Trade Enforcement Act of 2015)을 근거로 2016년부터 매년 4월과 10월에 환율 정책 보고서를 발간하고 심층 분석(enhanced analysis) 대상국, 즉 환율 조작국을 발표한다. 무역 촉진법에 따르면 대미 무역 수지 흑자가 200억 달러 이상이고, 경상 수지 흑자가 GDP의 3퍼센트 이상이며, 외환 시장 개입 규모가 GDP의 2퍼센트 이상이면 환율 조작국 지정 대상이 된다. 이 중 두 가지 사항에 해당될 경우 관찰 대상국(monitoring list)으로 분류된다. 환율 조작국으로 지정되면 해당 국가에 대한 미국 기업 투자 제한, 해당국 기업의 미국 조달 시장에서의 배제, IMF 등을 통한 환율 압박, 해당 국가와 무역 협정 체결 시 환율 정책 평가 등의 조치가 취해진다. 미국이 환율 조작국과 관찰 대상국 지정을 통해서 압박하고자 하는 가장 핵심적인 대상은 중국이다.

6 _ 상계 관세는 수출국 정부로부터 보조금을 지원받아 가격 경쟁력이 높아진 상품이 수입될 경우 이를 불공정 무역 행위로 간주해 국내 산업을 보호하기 위해서 부과하는 관세이다.

7 _ 미국 쇠퇴론 논쟁의 역사와 그에 대한 평가에 관해서는 다음의 연구를 참고할 수 있다. 공민석, 《미국 헤게모니의 역사적 동학과 2007~2008년 금융 위기 이후 미국의 동아시아 전략》, 서울대학교 박사 학위 논문, 2017.

8 _ 사전적인 의미의 시뇨리지는 화폐 발행권자가 화폐를 발행함으로써 얻는 이익을 지칭하며, 그 크기는 화폐의 액면가와 발행 비용의 차액이다. 중앙은행에 의해 발행되는 신용 화폐를 사용하는 현대 경제에서 시뇨리지는 중앙은행이 화폐 발행을 통해 금융 자산(국채)을 취득함으로써 얻는 이익(이자)으로 정의될 수 있다. 신용 화폐는 발권자의 부채이지만 이자를 지불하지 않기 때문에 발행 과정에서 이익이 발생하며, 통화 발행 과정에서 인플레이션이 발생하면 인플레이션 조세(inflation tax)가 유발된다. 화폐를 발행하는 모든 국가는 시뇨리지를 누릴 수 있지만, 인플레이션과 통화 위기의 위험으로 인해서 그 규모가 제한될 수밖에 없다. 반면, 기축통화 달러는 전 세계에서 사용되기 때문에 발행 비용

이 사실상 0에 가까우면서도 시뇨리지 규모는 다른 국가들과 비교할 수 없을 정도로 크다.

9 _ 기축통화 발행국이 갖는 통화 권력에 관한 연구로는 다음의 연구들을 참고할 수 있다. David M. Andrews, ed., 《International Monetary Power》, Cornell University Press, 2006. Benjamin J. Cohen, 《Currency Power: Understanding Monetary Rivalry》, Princeton University Press, 2015.

Jonathan Kirshner, 《Currency and Coercion》, Princeton University Press, 1995.

10 _ 로버트 먼델(Robert Mundell)의 불가능한 삼위일체(Impossible Trinity) 정리가 보여 주는 것처럼 자본의 이동성, 환율의 안정성, 거시 경제 정책의 자율성은 동시에 달성될 수 없다. 영국 헤게모니하의 금 본위제가 자본의 이동성과 환율의 안정성을 위해서 거시 경제 정책의 자율성을 희생한 것이라면, 브레튼우즈 체제의 금-달러 본위제와 고정 환율제는 자본의 이동성을 억제하는 대신 환율의 안정성과 거시 경제 정책의 자율성을 보장하는 체제였다. 반면, 1970년대 이후의 국제 정치경제 질서에서 개별 국가들은 환율의 안정성을 위해서는 거시 경제 정책의 자율성(통화 정책의 자율성)을 포기해야 하는 상황에 놓여 있다.

11 _ 신경제는 1990년대에 정보·통신 기술에 기반해 경제 성장과 거시 경제적 안정이 10년 가까이 지속된 현상을 지칭한다. 제조업에서의 우위가 쇠퇴하면서 미국 경제는 1970~1980년대에 침체에 직면했지만 신경제에 힘입어 1990년대에 생산성의 급속한 향상과 고속 성장을 경험했다. 그러나 1990년대 미국의 호황에서 중요했던 것은 정보·통신 기술 그 자체보다는 이를 기반으로 한 금융 시장의 팽창이었다. 금융 버블을 평가할 때 주로 활용되는 지표는 주식 시장에서 평가된 기업의 가치를 기업의 총실물 자본 구입 가격으로 나눈 값인 '토빈의 q'다. 연준의 자료에 따르면 토빈의 q는 신경제 붕괴 직전 미국 경제의 장기 평균치인 0.7의 두 배가 넘는 1.86까지 상승했다. 그러나 2000년에 '닷컴 버블'이 붕괴하면서 신경제도 종언을 고했고, 미국으로 유입된 잉여 달러는 정보·통신 산업이 아니라 부동산 시장에 집중적으로 유입되기 시작했다.

12 _ 1980년대 초중반 남미 국가들의 외채 위기, 1994년 멕시코 외환 위기, 1997~1998년 동아시아 위기, 1998년 남아공의 금융 위기, 2000년대 초반 터키와 남미 국가들의 금융 위기에서 알 수 있는 것처럼 금융 위기는 만성화됐다. 그리고 미국은 위기를 처리하는 과정에 개입해서 이 국가들을 미국 중심의 국제 통화·금융 질서에 종속적으로 편입

시키고자 했다. 이러한 조치들로 인해서 해당 국가들은 거시 경제 정책의 자율성을 상실했고, 미국 금융 시장과 달러화에 대한 종속은 더 심화됐다.

13 _ 2000년대의 금융 혁신을 주도한 파생 상품들과 새로운 유형의 금융 기관에 대해서는 다음을 참고할 수 있다.
미즈호 총합 연구소(김영근·현석원 譯), 《서브프라임 금융 위기: 21세기형 경제 쇼크의 심층》, 전략과 문화, 2008.
제라르 뒤메닐, 도미니크 레비(김덕민 譯), 《신자유주의의 위기》, 후마니타스, 2014.
누리엘 루비니, 스티븐 미홈(허익준 譯), 《위기 경제학》, 청림출판, 2010.

14 _ 로버트 웨이드(Robert Wade)의 연구에 따르면 외환 위기에 대비할 수 있는 적정 외환 보유 규모는 GDP의 7퍼센트 내외로 평가되며, 일반적인 거시 경제 상황에서는 이보다 더 낮은 수치도 큰 문제를 유발하지 않는다는 것이 대체적인 견해이다. 그러나 1997~1998년 외환 위기 이후 동아시아 국가들의 GDP 대비 외환 보유고 비중은 필리핀이 22퍼센트, 한국과 태국이 28퍼센트, 인도네시아는 70퍼센트 수준까지 상승한 바 있으며, 이후의 외환 보유고도 일반적으로 요구되는 수준보다 훨씬 더 크다. 2015년 중국의 외환 보유고는 GDP의 30퍼센트 정도를 차지하고 있으며, 한국은 GDP의 30퍼센트, 타이완은 GDP의 80~90퍼센트 수준이다. 일본의 경우도 GDP의 20퍼센트에 달하는 외환을 보유하고 있는데, 일본의 외환 보유는 외환 위기의 위험보다는 미국과의 밀접한 경제적·안보적 관계로 인한 것으로 볼 수 있다.
Robert Wade, 〈Is Globalization Reducing Poverty and Inequality?〉, World Development, 32(4), pp. 567-589, 2004.

15 _ 드골 대통령 재임 당시 프랑스의 재무장관이었던 데스탱(D'Estaing)은 달러가 기축통화 역할을 하기 때문에 미국이 큰 부담 없이 국제 수지 적자를 누적할 수 있는 상황을 "과도한 특권"이라고 비판했다. 중국 인민 은행 총재 저우샤오촨 역시 동일한 맥락에서 미국이 갖는 이러한 특권으로 인해서 세계 경제의 불안정성이 심화되고 있다고 비판한 바 있다. 나아가 그는 일국의 통화를 기축통화로 사용할 경우 이러한 문제가 반복적으로 출현할 수밖에 없음을 지적하면서 IMF 같은 국제기구에서 국제 통화 발행을 담당해야 한다고 주장했다.

16 _ 금융 위기 이후 달러 위기를 둘러싼 논의에 대해서는 다음의 연구들을 참고할 수 있다.

Barry Eichengreen, 《Exorbitant Privilege: The Rise and Fall of the Dollar and the Future of the International Monetary System》, Oxford University Press, 2011.

Eric Helleiner and Jonathan Kirshner eds., 《The Future of the Dollar》, Cornell University Press, 2009.

Benjamin J. Cohen, 《Currency Power: Understanding Monetary Rivalry》, Princeton University Press, 2015.

17 _ 금융 위기의 발생과 전개, 그리고 대응 과정에 대해서는 다음을 참고할 수 있다.

제라르 뒤메닐, 도미니크 레비(김덕민 譯), 《신자유주의의 위기》, 후마니타스, 2014.

누리엘 루비니, 스티븐 미흠(허익준 譯), 《위기 경제학》, 청림출판, 2010.

Financial Crisis Inquiry Commission, 〈The Financial Crisis Inquiry Report: Final Report of the National Commission on the Causes of the Financial and Economic Crisis in the United States〉, U.S. Government Publishing Office, 2011.

18 _ 통화량을 측정하는 지표 중 하나인 본원 통화는 중앙은행의 화폐 발행액과 금융 기관이 중앙은행에 예치한 지급 준비의 합계로 측정된다. 이때 중앙은행의 화폐 발행액은 민간이 보유한 현금과 은행이 보유한 현금(시재금)을 합한 값을 의미한다. 본원 통화는 다른 금융 기관이 창조하는 파생 통화의 토대가 되며, 통화 승수를 통해서 통화량에 영향을 미치므로 통화 정책의 가장 중요한 지표로 사용된다.

19 _ ASEAN+6는 ASEAN+3에 인도, 호주, 뉴질랜드를 추가한 것이다. 중국이 지역 경제 통합의 틀로 ASEAN+3에 기반한 EAFTA를 추진하자, 일본은 이에 대한 대안으로 ASEAN+6을 토대로 한 CEPEA를 제시했다. 중국은 일본의 이러한 제안을 부분적으로 수용해서 RCEP을 지역 경제 통합의 새로운 틀로 제시했다.

20 _ NEI에 따라 상무부·재무부·국무부·농무부 장관, 수출입은행장, 중소기업청장, USTR 대표 등으로 구성되는 범정부 차원의 태스크포스 수출 진흥 각료 회의(Export Promotion Cabinet)가 설치되어 수출 지원 정책을 대폭 강화했다. 또 오바마 대통령은 2010년 연두 교서에서 2014년까지 수출을 2배로 확대한다는 목표를 제시했는데, 수출 확대를 위한 우선적인 대상 지역으로 아시아-태평양을 강조했다.

21 _ 재균형 전략의 구체적인 내용과 그에 대한 간략한 평가는 다음의 보고서들을 참

고할 수 있다.

Mark E. Manyin et al., 〈Pivot to the Pacific? the Obama Administration's 'Rebalancing' toward the Asia〉, Congressional Research Service, 2012.

David J. Berteau et al., 〈Assessing the Asia-Pacific Rebalance〉, Center for Strategic and International Studies, 2014.

Michael Green et al eds., 〈Asia-Pacific Rebalance 2025: Capabilities, Presence, and Partnerships〉, Center for Strategic and International Studies, 2016.

22 _ 여기에서 나타난 가장 중요한 변화 중 하나는 양대 전쟁 전략의 폐기였다. 미국의 양대 전쟁 전략은 2차 세계 대전으로 소급하며, 냉전 시기에도 유지되었다. 베트남전 시기에는 2개의 전면전과 하나의 국지전을 수행할 수 있어야 한다는 2+0.5 개념이 등장하기도 했으며, 중국과의 수교를 계기로 유럽에서의 전면전과 나머지 지역에서의 국지전이라는 1+0.5로 변화되었다. 탈냉전 직후 기존의 전략은 원-홀드-원(win-hold-win) 전략, 즉 한곳에서 우선적인 승리와 다른 곳에서의 현상 유지 이후 승리라는 전략으로 변경되었다. 그러나 걸프전과 북핵 위기를 거치면서 중동과 동아시아를 염두에 두고 양대 전쟁에서의 승리를 추구하는 원-원(win-win) 전략이 다시 채택되었다. 논란에도 불구하고 원-원 전략은 2010년의《4개년 국방 계획 검토》까지 유지되었다. 재균형 전략이 제시되면서 양대 전쟁 전략은 1+ 전략 혹은 원-스포일(win-spoil) 전략, 즉 하나의 주요 전쟁과 다른 하나의 억지 개념으로 전환되었다.

23 _ 이는 '회귀'와 '재균형'이라는 두 용어를 둘러싼 논의에서도 잘 나타난다. 재균형 전략이 발표된 직후에는 회귀라는 용어가 더 자주 사용됐다. 그러나 회귀가 다소 공세적인 전략, 특히 군사 전략을 연상시키고, 중동이나 유럽으로부터의 철수를 자극적으로 표현하기 위한 용어법이라는 비판이 지속적으로 제기되면서 점차 재균형이라는 용어가 더 많이 사용되기 시작했다. 오바마 2기 행정부가 출범하고, 군사 전략에서 공세적인 변화를 강조하는 정책 기조가 완화되면서 재균형이라는 용어가 더 선호되기 시작했다. 2014~2015년 이후에는 행정부나 주요 싱크탱크 대부분이 재균형이라는 용어를 사용하고 있는 것으로 보인다.

24 _ 2014~2015년에는 의회와 행정부의 합의로 2년간 국방 예산의 감소가 유예되었고, 오바마 대통령은 2015 회계 연도 예산안에서 7퍼센트 증액된 국방 예산안을 제출하는 등 국방 예산에 대한 제약을 무력화하려 했다. 나아가 오바마 대통령은 국방 예산 증액

을 주장하면서 2016 회계 연도 국방 수권법에 대해 거부권을 행사하기도 했다. 이러한 상황에서 2015년의 초당적 예산 법안(Bipartisan Budget Act)에 따라 정부 전체 예산의 상한선이 상향되었다. 그 결과, 국방 예산이 2016년에 4960억 달러에서 5200억 달러로, 2017년에는 5230억 달러로 증액되어 예산 제약이 완화되었다.

25_ 1980년대 초반 확립된 중국의 도련(島鏈) 전략은 2010년까지 오키나와-타이완-필리핀-남중국해-말레이시아를 연결하는 제1 도련선을, 2020년까지 일본-사이판-괌-인도네시아를 연결하는 제2 도련선을 통제할 수 있는 역량을 갖춘다는 전략 구상이었다. 이는 현재까지도 중국 해양 전략의 기본 틀로 유지되고 있지만, 중국의 현실적인 역량을 고려해서 제1 도련선과 제2 도련선에 대한 통제 역량 확보 시기가 각각 2020년과 2050년으로 조정됐다.

26_ 중국의 경우 정부 공식 통계가 아니라 스톡홀름 국제 평화 연구소(SIPRI)가 추정한 수치다. SIPRI와 더불어 대표적인 군사·안보 관련 싱크탱크인 국제 전략 연구소(IISS) 자료에서는 중국의 군비 지출액이 SIPRI의 추정치에 비해 조금 낮은 수준으로, 중국 정부의 공식 통계에 비해서는 조금 높은 수준으로 나타난다.

27_ 1985년의 플라자 합의로 엔화는 34.1퍼센트 평가 절상되었고, 그 결과 일본의 제조업은 가격 경쟁력을 상실하고 위기에 빠졌다. 일본 정부는 급속한 엔고로 인한 수출 산업 침체 및 불황을 우려해 저금리 정책을 실시했다. 이에 따라 대규모 자금이 금융 및 부동산 투기로 이어져 버블 경제를 형성했는데, 1990년 그 버블이 붕괴하면서 일본 경제는 이른바 '잃어버린 10년'의 장기 침체 국면으로 진입했다.

28_ 치앙마이 이니셔티브(CMI)는 1997~98년 외환 위기 이후 ASEAN+3 국가들이 체결한 통화 스와프 협정이다. 2000년대 중반 이후 CMI를 다자화하기 위한 시도가 지속되었고, 2007~2008년 금융 위기 직후인 2009년 CMIM에 관한 합의가 도출되어 공동 기금이 조성되었다. 이에 따라 중국과 일본이 각각 32퍼센트, ASEAN이 20퍼센트, 한국이 16퍼센트의 분담금을 부담하게 되었다.

29_ SDR의 가치는 IMF가 5년마다 정하는 표준 바스켓(standard basket)에 포함된 주요 통화의 가치와 연계해서 결정된다. 2016년 표준 바스켓 통화의 구성 비율은 달러화 41.73퍼센트, 유로화 30.93퍼센트, 위안화 10.92퍼센트, 엔화 8.33퍼센트, 파운드화 8.09

퍼센트로 위안화의 비중이 적지 않다. 한편, IMF 쿼터가 변경되기 전인 2015년 중국의 쿼터는 4.00으로 미국(17.68), 일본(6.56), 독일(6.12), 프랑스·영국(각각 4.51)에 이은 6위였으나 2015년 12월 쿼터 변경으로 미국(17.41), 일본(6.46)에 이어 6.39의 쿼터로 3위 국가가 되었다. 이는 IMF의 의사 결정에서 중국의 영향력이 더 커졌음을 의미한다.

30 _ 또 중국은 브릭스(BRICS, 브라질·러시아·인도·중국·남아공)의 신개발 은행NDB 창립과 위기 대응 기금(Contingent Reserve Arrangement) 설치를 주도했으며, SCO 개발 은행(SCO Development Bank)의 설립도 추진하고 있다.

31 _ 위안화 국제화에 대한 개괄적인 논의로는 다음을 참고할 수 있다.
Eric Helleiner and Jonathan Kirshner, eds., 《The Great Wall of Money: Power and Politics in China's International Monetary Relations》, Cornell University Press, 2014.
Robert Minikin and Kelvin Lau, 《The Offshore Renminbi: The Rise of the Chinese Currency and Its Global Future》, John Wiley & Sons, 2012.

32 _ 동아시아 지역이 주목받기 시작하면서 동아시아 국가들이 공유하는 고유한 역사와 정체성에 주목하는 논의들이 확산됐다. 그러나 이러한 설명은 동아시아의 현실과는 상당한 괴리가 있다. 우선, ASEAN의 동남아 국가들과 한·중·일의 동북아 3국의 문화적 이질성은 매우 크다. 또 전통 시대 동아시아의 역사가 오늘의 동아시아 지역 체계에 미치는 영향 또한 불명확하다. 오히려 지역의 정체성이나 전통을 지나치게 강하게 인식할 경우 세계 체계와 지역 체계의 상호 작용 과정에서 나타난 단절의 계기들, 즉 자본주의적 현대화, 식민화와 탈식민화, 냉전과 탈냉전, 지역 경제의 성장과 위기, 금융 세계화로의 통합 등이 갖는 의미가 과소평가되는 문제가 발생한다.

33 _ 미국에게 동아시아 지역의 전략적 핵심은 일본이었고, '동아시아'와 '극동'은 주로 일본을 중심으로 한 동북아시아를 의미했다. 동남아시아라는 지역 규정은 태평양 전쟁 중이었던 1943년 퀘벡 회의에서 설정된 영·미 연합군의 전구(戰區) 명칭 동남아시아 사령부(South East Asia Command)에서 유래한다. 냉전이 심화되면서 동남아시아가 독자적인 지역으로 확립되어 갔고, 동북아와 동남아가 동일한 지정학적 단위로 결합되기 시작했다. 일본을 중심으로 한 지역 경제가 확립되면서 비로소 '동아시아'라는 지역적 규정이 동남아를 포괄하기에 이르렀다. 이는 오늘날 동아시아로 통칭되는 지역, 즉 ASEAN과 한·중·일의 내생적인 지역적 정체성이 취약할 수 있음을 의미한다.

34 _ ASEAN+3는 1997~1998년 동아시아 외환 위기 이후 동북아와 동남아를 경제적으로 연결하는 핵심 고리였다. ARF나 APEC과 달리 미국을 배제하고 있는 ASEAN+3는 금융 위기 해결 과정에서 나타난 미국의 태도에 대한 불신을 배경으로 탄생했다. 2000년대 초반 이후 일본은 중국을 견제하기 위해서 동아시아 지역 협력의 틀에 호주와 뉴질랜드, 나아가 미국과 인도까지 포함되어야 한다고 주장해 왔다. 중국은 일본의 이러한 제안에 반발해서 ASEAN+3의 틀을 안보 영역으로 확장하는 EAS의 창설을 주도했고, 경제적 차원에서는 EAFTA를 제안했다. 일본은 2005년 1차 EAS 회의에서 인도, 호주, 뉴질랜드를 EAS에 참여시켜야 한다고 주장했고, 인도네시아와 싱가포르가 이러한 제안에 동의했다. 중국과 말레이시아 등의 반대에도 불구하고 2005년 12월 인도, 호주, 뉴질랜드가 EAS에 참여하기 시작했고, 2010년부터는 러시아와 미국도 참여하고 있다.

35 _ 미국은 1960년대 중후반 일본, 호주 등과의 동맹 관계 강화를 위해 아시아-태평양이라는 용어를 사용하기 시작했고, 1980년대 이후에는 아시아-태평양이라는 용어를 새로운 지역 통합의 방향으로 적극 활용해 왔다.

36 _ 헤게모니 국가의 기능에 관한 국제 관계론의 일반적인 실명은 헤게모니 안정론(hegemonic stability theory)에 토대를 두고 있다. 이에 따르면 헤게모니 국가의 존재는 국제 체계의 안정성을 보장하며, 체계의 안정성은 헤게모니 국가의 힘의 우위에 비례한다. 그러나 헤게모니 국가의 존재와 체계의 안정성 사이의 강력한 인과 관계는 이론적으로도 취약하고, 현실의 역사에도 부합하지 않는다. 본문에서 설명하고 있는 것처럼, 1970~1980년대 이후 미국 헤게모니의 변화에 대한 분석은 헤게모니 국가가 국제 체계의 불안정을 담보로 자국의 헤게모니를 변형하고 강화하는 불안정의 가능성을 보여 준다.

북저널리즘 인사이드   현상을 넘어
구조에 주목하라

미국과 중국의 갈등은 오늘도 뉴스 헤드라인을 장식하고 있다. 제재와 합의, 반목과 대화를 오가는 혼란 속에서 갈등의 양상을 중계하는 정보들을 따라가다 보면 의문은 오히려 커진다. 대체 언제, 어디서 문제가 시작된 것인가?

국제 정치경제를 연구하는 저자는 미·중 갈등의 출발점으로 2007~2008년 금융 위기를 지목한다. 금융 위기는 기축 통화 달러의 힘을 바탕으로 외국 자본을 유입하며 경제적, 정치적 영향력을 유지해 온 미국의 모순이 폭발한 사건이었다. 국내 경제 조정을 피하고 타국에 손실을 떠넘겨 온 구조가 대외적 취약성으로 이어지자 미국은 글로벌 금융 관리를 안보와 직결되는 주요 과제로 삼을 수밖에 없었다.

이 과정에서 2000년대 이후 경제, 금융 파트너 역할을 해온 중국의 중요성이 커졌다. 중국을 관리하지 못하면 미국의 금융 헤게모니 역시 흔들릴 수 있다. 문제는 G2 국가로 부상한 중국이 미국의 동맹이 아니라는 점이다. 미국은 처음으로 '순응하지 않는 파트너'를 만났다. 최근의 무역 전쟁은 이렇게 쌓여 온 구조적 문제가 표면적으로 드러난 결과다.

혹자는 말한다. 미국과 소련에서 미국과 중국으로 상대가 달라졌을 뿐, 강대국의 충돌은 늘 있었던 일이 아니냐고. 그러나 침체와 혼란을 당연시하기에는 세계의 일원으로서, 미국의 동맹이자 중국의 이웃으로서 한국이 처한 상황이 녹

록지 않다. 열강이 침투한 동아시아의 정세가 우리의 운명을 좌우했던 사례는 불과 수십 년 전에도 있었다.

저자는 동아시아 정세를 예견하거나 구체적인 대응책을 주문하지는 않는다. 대신 10여 년 전 금융 위기로부터 출발한 헤게모니 경쟁의 구조를 세밀하게 분석한다. 구조적인 통찰로 현재를 진단하고 미래를 내다볼 실마리를 제공하고 있다. 갈등이라는 현상을 넘어 헤게모니의 틀을 살피고 이해하는 일은 더 나은 선택의 바탕이 될 것이다.

김하나 에디터